Dieter Alpheo Müller

AF280016

Maria d'Arc
Zwangsarbeit macht nicht frei

ISBN 3-8334-6890-4
ISBN 978-3-8334-6890-2

Titelbild: Vincent v. Gogh „Bauern bei der Arbeit" 1890 (Ausschnitt)

Herstellung und Verlag:
Books on Demand GmbH, Norderstedt

Ich danke dem
Stadtarchiv Neumünster für
die freundliche Unterstützung

Er hatte kein historisches Datum dieser Tag im Frühsommer 1941; weder hatte Kolumbus an diesem Tag Amerika entdeckt, noch hatte James Watt die Dampfmaschine erfunden, und Goethes Faust war an einem Herbsttag beendet worden. Symbolkraft hatte dieser Tag also nicht, aber für Henryk Romanuk aus dem kleinen Ort bei Bialystok ist es das Datum seines Lebens gewesen, von dem nur er wußte, wer interessierte sich in dieser Zeit schon sonst dafür.

Seine Mutter hatte ihm ein Glas Milch mit Honig zu dem groben Brotkanten gereicht, als plötzlich der Nachbar Sikorski an der Tür polterte und schrie, daß die Deutschen am Dorfeingang gesichtet worden seien. Henryk und seine Mutter machten sich keine grossen Sorgen, daß jetzt noch etwas passieren könne, nachdem der Vater 1939 erschossen worden war, als er sich geweigert hatte, die deutsche Volksliste zu unterzeichnen. Damals war Henryk schon achtzehn Jahre alt, und sie hätten ihn sicher mitgenommen, wenn sie es für nötig gehalten hätten. Ziemlich gelassen schlürfte er deshalb im Halbdunkel des Torffeuers seine heisse Milch, dachte mehr an die Ziegen, die gemolken werden wollten und an seine Reuse im Fluß, die sicher über Nacht proppenvoll geworden war. Die Mutter schaute aber doch verstohlen durch den Spalt der Fenstervorhänge.

"Willst Du Dich nicht doch lieber verstecken?"

"Ach was, die sind nur auf der Durchreise."

"Wer weiß?"

"Ich gehe jetzt hinaus zum Melken. Wir essen heute Fisch, ja?"

Mehrere deutsche Militärfahrzeuge waren inzwischen in den geschichtslosen, mit einheitlichen Klotzbauten versehenen, Ort hinein gefahren. Stolz und Auflehnung, auch um den Preis des Untergangs, wie er vielen Polen nachgesagt wird, war hier, wie auch in den vorangegangenen Ortschaften, nicht mehr zu erwarten, dazu waren die Geschehnisse von 1939 noch zu frisch.

Henryk kam nicht mehr zum Melken, und seine Mutter hatte Gicht in den Fingern.

"Hol die Reuse", war das Letzte, was er sagen konnte, "sie steht im Fluß zwischen den hohen Pappeln gegenüber von Topolleks."

Die Mutter konnte nicht weinen, sie suchte jemanden, der die Euter der Ziegen entleerte.

Die Deutschen verpaßten Henryk die typische ekkige polnische Soldatenmütze und einen braunen Mantel ohne Gürtel, zerrissenes Schuhzeug besaß er selbst. Ein Soldat mit aufgepflanztem Bajonett brachte ihn zum Sammelpunkt an der kleinen Dorfkirche. Auf einem offenen Erntewagen ging die Fahrt nach Bialystok, niemand hatte den Mut, den abfahrenden Männern nachzuwinken, es war auch noch halbdunkel. An eine Flucht dachte Henryk nicht, er war kein Held. Im Gegenteil, er hielt alles für ein Abenteuer, hatte er doch sowieso damit gerechnet, daß irgendetwas Ungewöhnliches in dieser unseligen Zeit geschehen würde; er hatte im Gegensatz zu seinem Vater nichts gegen die Deutschen, galten sie ihm eher, wie vielen Polen, auch als zwar streng und unmenschlich, aber andererseits auch als die Mächtigsten und Klügsten. Deutschland – das klang für ihn wie Schlaraffenland, Ordnung, blonde Mädchen ohne Kopftuch. Deutschland – dorthin würde er nie kommen, hatte er immer geglaubt, das sei so weit entfernt wie das Paradies, von dem der Pfarrer so oft in ganz anderem Zusammenhang in seinen Predigten gesprochen hatte. Ausserdem vergröbert eine dreijährige Schulzeit alle geographischen Entfernungen. Das mit der Reuse, dachte er, müsse man eben in Kauf nehmen. Natürlich hatte man hinter vorgehaltener Hand über die Grausamkeiten in Warschau gesprochen, und daß der Vater erschossen wurde, war auch bedauerlich, aber war der nicht zu stur gewesen? Wenn Krieg herrscht, muß man dem Sieger gehorchen oder sterben. Auch der Hinweis eines Mitgefangenen, die Mützen und Mäntel stammten bestimmt von gefallenen Soldaten, erschreckte Henryk nicht.

Inzwischen hatten sie den langgezogenen flachen Bahnhof, der noch aus der Zarenzeit stammte, in Bialystok erreicht. Heute waren hier keine pummeligen, korbbeladenen Bäuerinnen mit dunklen Kopftüchern zu sehen, auch die letzten alten Weißrussen mit ihren Pelzmützen und hohen gewichsten Stiefeln waren nicht da, heute knallten die Stiefel der Besetzer. Gruppen wurden eingeteilt mit großem Krach, die Männer gestoßen, weil sie die Sprache nicht verstanden, Waggontüren aufgerissen und schnell wieder zugeknallt. Die Weltmeister im Organisieren hatten das Chaos bereits nach eineinhalb Stunden beendet. Henryk war in irgendeinem Waggon mit unbekannten Menschen; der tumbe Tor auf der Reise nach wo? Die Gralslichter waren in dieser Zeit alle ausgepustet. Ein zwanzigjähriger kräftiger Junge ohne Bildung und Anspruch, ohne Urteilsvermögen und Kritikfähigkeit: was sollte er in der neuen Welt!

Als das gutmütige Pfeifen der Dampflokomotive verklungen war, verlor auch Bialystok für Henryk die Existenz, obwohl diese Stadt in seinem Leben bis jetzt die große Welt bedeutet hatte. Einige Male war er mit seinem Vater in der christlichen Altstadt gewesen, um das stolze Barockpalais des Clemens Branicki zu besuchen, die stilechten französischen Gärten hatten einen geöffneten Mund verursacht. Das podlachische Versailles mit seinen Perspektiven, Pavillons und Atlanten über dem Tympanon und Stiegenhaus hatten ihn staunend gemacht. Auch der Balkon, von dem aus Julian Marchlewski 1920 die polnische Räterepublik ausgerufen hatte, machten auf ihn Eindruck, obwohl er lieber über die Wiesen tollte und sich am Fluß aufhielt. Das alles aber war gestern, heute saß er im Zug, im Viehwaggon zwar, aber sie fuhren in Richtung Westen, das konnte für ihn nichts Schlechtes bedeuten. Selbst wenn er geahnt hätte, daß ein paar Jahre später das aus Holzhäusern bestehende Judenghetto innerhalb von nur drei Augusttagen völlig zerstört und das Barockpalais ein Jahr später durch einen Brand vernichtet würden, hätte ihn das nicht von seinen Grundgedanken abgelenkt.

Maria, niemand hat den Nachnamen dieses geheimnisvollen Mädchens je erfahren, hatte als höhere Tochter bei einem jüdischen Arzt fünf Jahre in Warschau gelebt. Diese Arztfamilie hielt sich an erster Stelle für liberale Polen und erst an zweiter zur großen jüdischen Gemeinde gehörig.

Maria war talentiert und wißbegierig, lernte Klavier spielen und las alles, was sie bekommen konnte, und das war viel in dem kultivierten Haus. Die Größen der Weltliteratur von Homer, Shakespeare bis Schiller und Cervantes waren ihr ebenso vertraut wie die neue polnische Literatur von Zofia Nalkowska über Pola Gojawiczynska bis zur Dichtergruppe "Skamander" um Julian Tuwim, nicht zu vergessen Tadeusz Peiper. In vielen Diskussionsabenden im Hause dieser Familie war sie als ernst genommene Teilnehmerin eine kluge, wissensdurstige Gleichgestellte. Manchmal verließ sie abends das freundliche Haus, um mit einem Studenten Volkstänze mit einer Jugendgruppe einzustudieren.

Maria war stolz, und da aus Stolz häufig Auflehnung entsteht, begann sich schon früh in ihr ein Widerstand gegen manches Deutsche zu manifestieren. Sie hatte nicht den typischen polnischen Pufferkomplex des ewigen Eingeklemmtseins zwischen den verschiedenen Mächten, der sogar bei vielen intellektuellen Polen zu Gleichgültigkeit und Hoffnungslosigkeit geführt hatte. Auch wenn Schweden, Preußen, Russen, Franzosen, Sachsen, ja, sogar Ungarn sich schon auf polnischem Boden ausgetobt hatten, und es nun wieder in die Knie gezwungen wurde, hielt sie es dennoch mit Henryk Sienkiewicz, dem Nobelpreisträger, der erkannt hatte, daß, was auch immer kommen möge, die Herzen der Polen stärker seien.

Dabei hatte Maria durch die deutsche Literatur zunächst ein durchaus positives Verhältnis zu diesem Land. Fontane liebte sie über alles, sie las ihn im Original; Effie Briest war ihr Idol.

Dem Arzt waren die Schwärmereien aufgefallen, und da er ein Mann war, der alle Dinge von zwei Seiten zu betrachten gewohnt war, führte er die begeisterte Maria an andere Zeugen der deutschen Geisteswelt heran, die ihren Horizont erweitern und kritisch machen sollten.

"Viele Deutsche halten uns Polen für primitiv und brutal, hinterlistig und unzuverlässig, unfreundlich und auch für jähzornig."

"Sind wir denn so ?"

"Was für eine Frage!" Er fügte noch hinzu: "Aber glaube nicht, daß andere Völker uns positiver betrachten, in Amerika werden wir "polish jokes" genannt, das sind negative Witzfiguren; dem Engländer fällt zu Polen nichts besseres ein als "polish jam", und bei den Franzosen haben einzig und allein die schönen Polenmädchen einen bestimmten Reiz."

"Das kann ich mir denken", meinte Maria, "das hat sicher mit der Romanze Napoleon – Maria Walewska zu tun."

"Du hast Recht."

Um Marias Polenbild aus deutscher Sicht zu vervollkommnen, suchte er ihr aus seinen riesigen Bücherwänden konträre Schriften heraus. Und so kam es, daß sie auch in der von einem preußischen Feldmarschall von 1814 verfaßte Denkschrift an den Freiherrn von und zum Stein folgenden Satz las: 'Unordnung, wüstes Leben ist des Polen Element ...' Aber da lagen auch Dichtungen von Uhland, Lenau, Hebbel, Heine, des Grafen Platen und die Opitzschen Lobgesänge auf den populären polnischen König Wladyslaw dem Vierten.

Fünf Jahre war Maria so mit Geistigem genährt worden. In der kleinen Familienuniversität hatte sie ein Weltbild bekommen, das weit über das der meisten Gleichaltrigen hinausragte. Das Leben mit zurek (Kartoffelsuppe), barszcz (Rote-Rüben-Suppe), sledz (Heringe) und mleczne (Milch), wie es Henryk, der Junge aus dem düsteren Dorf nur kannte, war bei Maria in jeder Hinsicht ein Leben mit Wisentbraten, Bärentatzen, Biberschwänzen und Elchnüstern.

Kurz vor Weihnachten riefen die Arztleute Maria in den kleinen Salon. Die Frau zupfte nervös an ihrem gut sitzenden Kleid, ehe sie Maria darauf hinwies, daß es jetzt besser für sie sei, die Familie zu verlassen.

Marias Gesicht kontrastierte noch stärker als sonst unter dem schwarzen Haar.

"Meine Frau und ich wissen seit den Geschehnissen 1938 in Deutschland und nach dem verlorenen Krieg der Polen, was auf uns zukommen wird", nahm der Arzt ruhig den Faden seiner Frau auf.

"Es ist auch nicht so schlimm für Dich, Maria", ergänzte die freundliche Frau, "wir kennen eine polenfreundliche Familie in Danzig, dorthin haben wir Dich empfohlen. Sie sind einverstanden."

Maria nickte nur, sie glaubte, die Tränen würden sie ersticken. Der Arzt holte eine Schatulle hervor, er gab ihr viel Geld. "Für die Reise", sagte er leise, und für die guten Jahre mit Dir."

Maria zitterte, nahm das Geld und rannte in ihr Zimmer im ersten Stock.

Am nächsten Morgen schon sollte die Reise losgehen. Die Arztfrau und der Tanzstundenpartner standen bereit, Maria zu einem Freund des Hauses zu bringen, einem früheren Bibliothekar, der in Zoppot auch in dieser unruhigen Zeit noch Geschäfte mit Geschenkartikeln zu tätigen beabsichtigte. Der Arzt stand auf der obersten Stufe zum Eingangsportal und rief Maria bewegt hinterher: "Partir, c-est mourir un peu."*

* Abreisen, das ist ein wenig wie sterben

Maria verstand es, umwickelte fast das ganze Gesicht mit dem Halstuch, um den nicht enden wollenden Tränenfluß zu stoppen.

Der Fahrer belästigte sie nicht in ihrem Schmerz, er erweckte Marias Aufmerksamkeit erst, als er von Danzig, ihrer neuen Wirkungsstätte, zu erzählen begann.

"Du wirst Dich wundern, welch großartige Stadt Dich erwartet, mein Kind."

"Ist Danzig nicht eigentlich polnisch?"

"Weißt Du, ich will dir eine Geschichte erzählen. Ein Deutscher, der Vater des berühmten Philosophen Arthur Schopenhauer, lebte in Danzig. Dort in der Heiligen-Geist-Gasse Nummer 45 wurde auch sein Sohn geboren. Dieser Mann war ein angesehener Bürger der Stadt, aber er war dermaßen über die Hohenzollern empört, daß er bei seinen vielen Reisen durch preußisches Gebiet immer die Vorhänge seiner Equipage zuzog, um dem Anblick der blauen Uniformen zu entgehen. Erst auf polnischem Gebiet zog er die Vorhänge auseinander."

"Ist meine Frage damit beantwortet?"

"Denke darüber nach, besser noch, mach Dir ein eigenes Bild. Eines aber rate ich Dir, stelle diese Frage in Danzig lieber nicht!"

Maria atmete durch und war hellwach, als das tukkernde Gefährt endlich das Ziel erreicht hatte. Die neuen Herrschaften kamen herausgelaufen und begrüßten sie wie eine gute Bekannte. Maria übergab den Brief der Arztfamilie und ein Kästchen mit zwei Flaschen polnischem Wodka. Der Fahrer bekam Kaffee und Kuchen und verließ noch am selben Tag das Haus in Richtung Zoppot.

Für Maria hatte sich die geographische Breite verlagert, sonst nichts. Geistig verwandte Menschen führen oft ein gleiches Haus. Nur eines fiel ihr gleich auf, das Damoklesschwert der Angst hing nicht über der Familie wie in Warschau, im Gegenteil, hier fühlte man sich nach dem Polensieg viel sicherer als vorher, war doch nun alles um sie herum deutsch.

Dem klugen Hausherrn, er hatte sieben Semester Germanistik und Anglistik in Tübingen studiert, ehe er die Kaffeegroßrösterei seines Vaters aus Gesundheitsgründen übernehmen mußte, fielen sofort die vielen Talente der jungen Polin auf. Zwar hatte er gewußt, daß nicht irgendeine unbedarfte Polackin, wie die Dienstmädchen aus Polen gemeinhin genannt wurden, angekommen war, aber daß er sich sogar fundiert über die deutsche Literatur mit ihr unterhalten konnte, hatte er trotz des Empfehlungsschreibens nicht geglaubt. Daß Maria darüber hinaus noch eine aussergewöhnlich hübsche junge Frau war, blieb ihm nicht verborgen und konnte die Wirkung auf ihn nur verstärken. Und so kam es, daß die Kaffeegeschäfte in den nächsten Monaten oft in die Hände des ersten Geschäftsführers gelegt wurden. Der Chef selbst betätigte sich als Fremdenführer. Bald wußte Maria, daß Danzig ein bißchen von Lübeck, Amsterdam, Brügge und Kopenhagen besaß, daß hier in der kristallklaren Luft des Nordens und den auffrischenden prickelnden Ostseewinden aus Skandinavien besonders freundliche Menschen lebten. Sie beobachtete die kreisenden Möwen an der sanften Mottlau inmitten dunkelroter Backsteingotik, welche harmonisch eingefügt war in reichverzierte Barock- und Renaissancebauten.

Auf die besorgte Frage, ob sie nicht viel zu wenig arbeite für all die Dinge, die ihr widerführen, bekam sie die Antwort, daß noch zwei Marjelje im Hause wären, die vorher auch alles allein beschafft hätten.

Die Ehefrau sah das Treiben ihres Mannes, wie sie es einer Freundin gegenüber erzählte, wohl, sprach ihn aber deshalb noch nicht an, sie suchte eindeutige Beweise, ehe sie zu den zuständigen Behörden gehen wollte. Maria wurden unterdessen die kunstvollen Portale auf dem Langen Markt gezeigt. Besonders das Kruzifix in der Kapelle der Elftausend Jungfrauen gefiel ihr in seiner Erhabenheit; die majestätische Marienkirche, das imposanteste und größte Gottesdenkmal im gesamten Ostseeraum, wie der begeisterte Begleiter erzählte, erschlug sie in ihrer Mächtigkeit. Daher zeigte der inzwischen verliebte Mann ihr als Kontrast die von den alten Toren parallel zur via regia laufenden Gäßchen. Die Johannisgasse mit den zumeist schlichten Giebelhäusern gefiel ihr am besten.

Es war unter der Würde der Gattin, Maria zur Rede zu stellen, verstandesmäßig hatte sie auch längst erkannt, daß nicht Maria die treibende Kraft dieser Verbindung war, dennoch war sie das schwächste Glied in der Kette, nur über sie konnte sie deshalb den alten Zustand wieder herstellen. Die Gelegenheit bot sich, als an einem Sonntag der Hausherr geplant hatte, nach Zoppot einen Ausflug zu machen. Daß Maria mitfuhr, wertete er auf die Frage seiner Frau als ein Zeichen seiner Liberalität und aus dem Versprechen der Arztfamilie in Warschau heraus, dieses Mädchen wie eine Tochter zu behandeln. Sein "Du willst doch sicher mitfahren", bewertete sie richtig als scheinheiliges Gerede. Nun war er in ihren Augen einen Schritt zu weit gegangen. Was zu viel war, mußte im Keim geahndet werden. Sie rief ihre Freundin an. Und so machten sich die beiden auch auf, diesen Tag im Kurort an der Danziger Bucht zu verbringen.

Als Maria am herrlichen Sandstrand den geflochtenen Picknickkorb öffnete, erinnerte sie sich an die Szene, wie Effie Briest mit Crampas am Ostseestrand herumalberte; und Winckelhoff starrte auf den dünnen Stoff, den der Wind um Marias Brust kräuselte.

Die beiden Agentinnen gegen die Liebe waren inzwischen angekommen und hielten vom möwenumschwärmten Seesteg unter sonnenschützenden Händen über den Augen Ausschau nach den beiden. Sie brauchten nicht lange zu suchen.

"Brauchen wir noch mehr Beweise?"

"Ich weiß nicht recht, obwohl ich auch der Meinung bin, daß das zu weit geht."

Maria schlug inzwischen von ihrem Rock die Krümel und den Sand ab und wollte sich zum Gehen entschließen, wohl ahnend, daß ihr Begleiter nun bald nicht mehr mit dem Zeigen und Erklären von Sehenswürdigkeiten seiner Heimatstadt sich zufrieden geben würde. Ihr wurde plötzlich übel, wie sie sagte, und so kam es, daß ihr die fröhliche Monte-Casino-Straße gar nicht mehr so vergnüglich erschien, daß das sommerlich überlaufende Meeresufer plötzlich keine Ferienstimmung mehr in ihr erzeugte. Winckelhoff versuchte noch einmal, die miese Stimmung aufzuheitern, indem er ihr unbedingt noch die originelle Waldoper zeigen wollte. Aber dieser Versuch ging gänzlich schief, denn hier wartete bereits sein Racheengel mit Beweisbegleitung. Marias angebliche Migräne verwandelte sich beim Anblick der Frauen schlagartig in eine wirkliche. Noch nie im Leben war sie solch einer Situation ausgesetzt gewesen. Wie erstarrt blieb sie stehen, und wieder kontrastierte ihr schwarzes Haar mit dem bleichen Gesicht. Die kreischenden Beschimpfungen bezog sie alle auf sich.

Das Ende im Hause Winckelhoff ist schnell erzählt. Am selben Abend wurde Maria von Uniformierten abgeholt. Winckelhoff sagte kein einziges Wort. Nach einer Nacht voller übler Unterstellungen und Verleumdungen kam Maria am frühen Morgen in Begleitung von drei Bewaffneten noch einmal ins Haus, sie durfte ein paar Sachen holen. Winckelhoff sah, in sicherer Distanz vom Balkon aus, daß man ihr die Haare geschoren hatte. Er kannte das Zeichen: Polenhure. Und er kam nicht auf den Gedanken, daß man ihn in dieser Angelegenheit belangte.

Duftende Pfirsichbäume und Edelkastanien, immergrüne Eichen, der würzige Thymian, Rosmarin mit wilden Himbeersträuchern verfilzt, wilde Kastanienwälder, die wilde Olive, der violette Lavendel und an den Südhängen der schwere Wein: Das ist Pierre Lutterbecks Heimat, das alte Herzogtum La Bourgogne.

Fröhlich und offen lebt er in den Tag hinein. Obwohl er erst vierundzwanzig Jahre alt ist, berät er die Bauern der Umgebung in der Land- und Tierhaltung und bewirtschaftet selbst einen kleinen Bauernhof.

Er war der Typ, der den geringsten Anlaß zu einem Fest machen konnte. Falsch wäre es aber gewesen, diesen fröhlichen, offenen Mann, der so gern trank und aß, einen Bruder Leichtfuß zu nennen. Er arbeitete auch gern, aber unter der Devise: arbeiten, um zu leben und nicht umgekehrt.

Er liebte die Landschaft, die ihn hell und wild bei den vielen Fahrten zu den Bauern geprägt hatte. Von der teerglänzenden Straße aus sah er jenseits des Rhonegrabens die schneebedeckten Hochalpen und im Süden die Kette der vulkanischen Cervennengipfel. Wenn er das breite Flußtal mit seinen tiefgrünen Auenwäldern durchfuhr, machte er Rast in einem der altertümlichen Städtchen am Fuß der Abhänge; die Schlösser und Burgen auf den Höhen strahlten Ewigkeit aus, und er fragte sich, wie es bloß möglich gewesen sei, vor über tausend Jahren ohne technische Mittel in diesen Höhen so etwas Gewaltiges zu bauen. Um ihn herum boten die Platanen- und Pappelalleen, die Schleusen und die rechteckigen Häuser der Kanalarbeiter ein Bild des Friedens und der Weltverlorenheit. Als sein Blick aber die doppelspurige Eisenbahnspur, die bald rechts, bald links vom Fluß entlangläuft und in weitgeschwungenen Kurven zahlreiche Brücken überquert, wahrnahm, dachte er daran, daß auch über sie in dieser Zeit nicht nur friedliebende Menschen und harmlose Handelsware transportiert würde. Vielleicht pulsierten gerade in diesem Augenblick durch die dichten Bündel der Telefondrähte, die den Fluß mit ihren Masten wie standhafte Soldaten begleitete, schon Befehle, die die Idylle des Augenblicks und den Frieden der Landschaft jäh zerstören könnten.

Aber dieser Gedanke hielt nicht lange. Das üppige Essen, der schwere Landwein, das sind Dinge, die quälende Gedanken schnell verändern.

Am nächsten Tag hatte er in Tournus zu tun. Er freute sich immer, hierher einen Abstecher zu machen, wohnte doch in dieser schönen Stadt seine Großmutter, die ihren Enkel nur zu gern verwöhnte. Abends liessen es sich die beiden nicht nehmen, in der Philibert-Kirche, die mit ihren markanten Pyramidendächern das Flußtal überstrahlte, an einer Messe teilzunehmen. Ein langer Spaziergang am lieblichen Ufer der Saone folgte stets vor dem Zubettgehen.

Es schien alles wie in alten Zeiten, als plötzlich zwei Männer in Ledermänteln auf die beiden zugingen.

"Lutterbeck?" lautete die Befehlsfrage.

"Oui, ja."

"Sie haben Beziehungen nach Straßburg?"

"Mein Bruder wohnt dort."

"Sie sind verhaftet!"

"Wieso, weil ich einen Bruder in Straßburg habe?"

"Die Fragen stellen wir."

Die kleine Großmutter verstand nichts, fühlte aber, daß etwas Ungeheuerliches sich ereignete. Sie zerrte am Ärmel Pierres, zog ihn an sich und wollte, wie eine besorgte Glucke etwa, ihre dünnen Arme als Flügel schützend um ihren Enkel legen. Aber Gefühle unterliegen stets der Gewalt. Die zu Grimassen erstarrten Gesichter hinter den Gardinen der Häuser an der Uferfront bildeten den lautlosen Klagechor der Eingeschüchterten.

Die Bauern der Region warteten in den nächsten Tagen vergeblich auf den freundlichen Berater; die Großmutter konnte den Schock nicht überwinden: die Glocken der St. Philibert-Kirche dröhnten vier Tage später wütend über das friedliche Städtchen. Pierre ahnte davon nichts. Er war inzwischen über Chalon, Besancon, Belfort, Colmar und Straßburg über die Grenze bei Kehl am Rhein in einem Lastwagen nach Deutschland transportiert worden.

Was diesen kleinen, freundlichen Mann am meisten bekümmerte, war die Kälte. Deutschland war nicht nur in diesem Teil Frankreichs das Synonym für Kälte. Dennoch wollte er versuchen, das Beste aus seiner Lage zu machen. Daß er keine Schuld auf sich geladen hatte, genügte in dieser Zeit nicht, um zu überleben, er wollte und mußte sich anpassen, sich geschickt durch die Windungen der Gewalt schlängeln. Er war nicht derjenige, der, wie viele Franzosen, zu den Deutschen ein verächtliches "lá-bas*"- Verhältnis hatte, dafür hatte er viel zu großen Respekt vor ihnen. Und er wußte, daß nicht nur sein Nachname auf eine deutsche Vergangenheit deutete. Der häufige Wechsel in der deutsch-französischen Grenzgeschichte hatte die Menschen in dieser Region mitgeprägt. Außerdem war Krieg, was half da alle berechtigte oder gespielte Entrüstung, es wäre pharisäerhaft zu glauben, dem Sieger auch die ungerechte Maßnahme seiner mysteriösen Ergreifung in Tournus nicht zuzugestehen.

Mit geschickten Händen drehte er auf dem rumpelnden Laster eine Zigarette. Der begleitende Soldat tat, als sehe er es nicht. Als Pierre sie ihm anbot, konnte er nicht widerstehen. "Na, also", dachte sich Pierre, obwohl seine Mutter, die aus Bordeaux stammte, ihm von klein an La Fontaines' Satz, daß das Mißtrauen die Mutter der Weisheit sei, gepredigt hatte. Aber Franzosen können wie niemand anders auf der Welt sich den Gegebenheiten anpassen, deshalb hielt

*frei: hinterwäldlerisch

Pierre es lieber mit dem: "Il faut toujours commencer pour le commercement."*

Schließlich besagte diese Haltung in seiner Lage, daß das, was man als richtig zu erkennen glaubt, was seinem eigenen Gefühl entspricht, sich schließlich doch durchsetzt.

Von Grausamkeiten an Andersaussehenden, Andersdenkenden hatte Pierre noch nichts gesehen und eigentlich auch nichts gehört, denn wenn es auch vorkam, daß bei seinen Bauern über diese Thema gesprochen wurde, hielt man sich merklich zurück, wenn er erschien, denn Lutterbeck- sagte es nicht schon allein dieser Nachname- vertrat in diesen Fragen oft eine andere Meinung.

So war er nun in ein Land gekommen, das ihm, so glaubte er, nicht ganz fremd war. Trotz der Beraubung seiner Freiheit wollte er nicht von vornherein feststellen, daß hier alles schlechter sei, er hatte keine Vorurteile.

Er wollte schauen und sich anpassen, es wollte sich bemühen, Menschen zu sehen, trotz der Masken, die um ihn herum wirkten. Noch schien es, daß es außer Uniformierten keine anderen Deutschen gab, aber er war sicher, daß diese Situation sich bald ändern würde. Und schließlich waren Deutschland und Frankreich Stammländer der europäischen Kultur, also, was konnte ihm schon Böses widerfahren?

Man muß immer mit dem Anfang beginnen

Vier Tage schon befand sich Henryk im Viehwaggon; bei den wenigen Stopps wurde den Gefangenen eine dünne Suppe verabreicht. Niemand wußte, wohin die Reise gehen sollte. In den Waggons war es dunkel und muffig von den Ausdünstungen der Häftlinge. Ein Exkrementeneimer ging von Mann zu Mann und wurde erst bei den weit auseinanderliegenden Verpflegungsstellen entleert. Die Männer schämten sich noch, vor aller Augen ihre Verrichtungen zu tätigen, Henryk verkroch sich in eine Ecke. Entsetzen befiel ihn, als er dabei einen Mitgefangenen zur Seite schieben wollte und dieser ohne Widerstand umkippte: der erste Tote. Henryk trommelte mit den Fäusten an die Wand des Waggons. Sofort kam ein älterer Insasse, um ihm seine Arme herunterzureißen. Er erklärte ihm, daß sie den Toten nicht melden würden. Was folgte, entsetzte Henryk so, daß er die nächsten Tage völlig apathisch auf einer Stelle hockte: jedesmal, wenn die Waggontür zum Essenfassen geöffnet wurde, nahmen zwei kräftige Männer den Leichnam, schlangen seine Arme über ihre Schultern und empfingen so drei Rationen. Dies geschah eine ganze Woche lang. Nicht die in Verwesung übergehende, entsetzlich stinkende Leiche, sondern der plötzliche Halt auf einem unbekannten Bahnhof machte diesem Treiben schließlich ein Ende.

Die Hoffnung, daß es in diesem Barackenlager besser werden würde, erfüllte sich nicht. Sofort nach der Ankunft wurden die Gefangenen zur Entlausung geschickt. Henryk mußte sich, wie alle anderen auch, völlig ausziehen. Eine freundliche Gemeindeschwester mit weißer Haube sprühte ein weißes Desinfektionsmittel auf den ganzen Körper. Es brannte stark, aber jedenfalls hatten die Läuse keine Chance mehr. Da keine Ersatzkleidung vorhanden war, liefen sie zwei Tage in Decken gehüllt im Lager nutzlos herum, bis auch ihre Kleidung desinfiziert war.

Henryk sah zum erstenmal nach den Soldaten deutsche Menschen, wie er sie sich vorgestellt und vor denen er so viel Achtung hatte, aber diese schauten ihn gar nicht an, jeder hatte in dieser Zeit mit sich und den Umständen genug zu tun.

Nachdem sie hier drei Tage sozusagen in Kurzquarantäne gehalten worden waren, kamen Bauern der Umgebung, um sich Arbeitskräfte auszusuchen, häufig kamen auch Bäuerinnen, da ihre Männer und großen Söhne im Krieg waren. Das Aussuchen spielte sich etwa so ab, wie es nicht schlimmer hat sein können auf den Sklavenmärkten in Virginia, nur, daß die Erwerber hier nicht einen einzigen Cent zu zahlen hatten. Manchem der Gefangenen wurde der Mund wie beim Pferdekauf regelrecht aufgerissen, anderen wurden die Muskeln befühlt, einige prüften, ob die Hände für schwere Bauernarbeit geeignet seien.

Henryk stand, wie immer, ruhig abseits. Eine Frau, die Bäuerin Clara Bernotat, näherte sich ihm behutsam. Sie befühlte ihn nicht, sah nur in sein jugendliches Gesicht und sagte sofort zum begleitenden Soldaten:

„Den nehme ich."

Henryk verstand es, er hatte beim Anblick dieser Frau gleich gehofft, daß sie ihn nehmen würde.

In einer alten Pferdekutsche fuhren sie eine weite Strecke über Land. Henryk blinzelte in den hellen Tag. Waren seine Augen doch durch die graue Fahrt in dem dunklen Viehwaggon und in der tristen Baracke lange dem Licht entwöhnt worden. Die Frau auf dem Kutschbock schaute nach hinten. Ihre Angst, einen Zwangsarbeiter auf ihrem Hof zu beschäftigen, mußte sie den Notwendigkeiten ihrer schwierigen Situation unterstellen. Ihr Mann war im Krieg, und es war Erntezeit, ihre Arme allein genügten nicht, die Kartoffeln und das Korn zu ernten, Schweineställe auszumisten, Kühe zu melken und die Landmaschinen zu reparieren. Ihre Söhne waren erst acht und zwölf Jahre alt. Und sie beruhigte sich selbst: wie er da so saß, friedlich zwischen zwei Säcken mit Mehl, die Beine über die hintere Wagenfläche baumeln lassend, sein jungenhaftes, ernstes Gesicht – sie würde sich schon nicht getäuscht haben!

Henryk bezog die kleine Knechtekammer, sie war seit einem Jahr verwaist, weil auch der Großknecht ein halbes Jahr vor ihrem Mann einen Stellungsbefehl erhalten hatte. Die Frau brachte ihm ein paar Wolldecken, ein Kopfkissen und auch eine Nachttopf. Zum erstenmal seit vielen Tagen huschte ein Lächeln über Henryks Gesicht.

Das Schwierigste war die Verständigung. Frau Bernotat brachte ihm zunächst einen großen Wecker und erklärte ihm mit Handbewegungen und für ihn unergründlichen Worten, wann er aufzustehen habe und in der gegenüberliegenden Küche zu den Mahlzeiten erscheinen müsse. Henryk antwortete mit seinem ganzen Wortschatz: "Ja." Dies war in den ersten Tagen das einzige Wort in der neuen Sprache, das er beherrschte. Wenn er abends müde ins Bett fiel, betrachtete er vor dem schnellen Sandmännchen die beiden Bilder, die sein Vorgänger an die Wand gehängt hatte. Es handelte sich um eine Straßenszene in Berlin und ein Hitlerporträt. Henryk las stockend: 'Kurfürstendamm in Berlin'. Also doch, obwohl die letzten Wochen ihm alles andere als die große Welt des Kurfürstendammes gezeigt hatten, es gab sie noch, die Welt, in die er hinausziehen wollte, nach der er sich sehnte. Konnte er nicht sogar erkennen, daß an einer Abzweigung ein blondes Mädchen ohne Kopftuch stand? Es war nur ein Bild, aber er begann wieder, seinen Abenteuerfilm zu träumen, vor allem auch, weil es in diesem Haus keinen Riß in seinen Gedanken gab; er hatte genug zu essen, wurde nicht angeschrien, lebte in einer verbesserten Situation. "Berrlin, Berrlin", klang es rauh, klang es wie ein jubelndes Gebet, wenn er schnell nach dem harten Tagwerk einschlief.

Als eines Tages Frau Bernotat heftig an der Tür der Knechtenkammer pochte, weil Henryk, wie fast an jedem Morgen, trotz des tosenden Weckers, verschlafen hatte, bemerkte sie, als sie schließlich die Tür des Langschläfers aufriß, daß nur noch ein Bild an seinem Platz hing. Der hellere Kalk an der Stelle, wo das zweite gehangen hatte, glich einem Niemandsland. Auf ihre Fragen und Gesten zeigte Henryk unter das Bett. Da lag nun der Führer neben dem Nachttopf einträchtig in dunkler Einsamkeit. Diese merkwürdige Symbiose konnte Frau Bernotat nicht gestatten. Allerdings betrachtete sie diesen Vorgang auch nicht so schwerwiegend, als daß sie sich genötigt sah, ihre gute Arbeitskraft deshalb zu denunzieren. Anderen Bauern im Dorf allerdings hätte solch ein Vorfall sicher gereicht, ihre Ergebenheit und Solidarität zu beweisen, indem sie ihren Polacken zur Liquidation beim Ortsgruppenleiter auszuliefern bereit waren, schließlich gab es ja polnische Zwangsarbeiter in diesem Gebiet wie Sand am Meer. Frau Bernotat fragte sich nur, wie es dazu kommen konnte, daß Henryk eine für seine Begriffe ungeheuer mutige Tat vollbracht hatte. Vielleicht weil er sich nichts dabei gedacht hatte, vielleicht aber rührte es daher, daß er ein Gläubiger, ja, Höriger seiner Kirche war. So stand er noch immer unter dem Einfluß seines Pfarrers in der kleinen Gemeinde bei Bialystok. Der hatte bereits vor dem 1. September 1939 auf den neuen vermeintlichen Gott der Deutschen hingewiesen. In eindringlichen Worten hatte er mehrere Male in diesem Zusammenhang über das erste Gebot gepredigt. Wer sich dagegen versündige, so hatte er wütend von der Kanzel gerufen, sei nicht nur ein Gottesfrevler, sondern verdiene es nicht einmal, Mensch genannt zu werden. Diese Dialektik verstand Henryk zwar nicht, aber ihm war klar geworden, daß Gott neben sich keine Götter dulden würde, daß also Hitler ein großer Sünder sei.

Bald hing das bewußte Bild wieder an seinem Platz, und Frau Bernotat nahm sich vor, von jetzt an besser aufzupassen, vielleicht steckte in dem sanften Lamm doch ein gefährlicher Wolf. Auch sie hatte sich fast ganz aus dem dörflichen Kirchenleben zurückgezogen; zwar ging man zu den üblichen Feiern wie Taufe und Konfirmation, Ostern, Pfingsten und Weihnachten in die kleine weiße Kirche im westlichen Dorfausgang, aber das geschah mehr aus Gründen der Tradition denn aus gläubiger Überzeugung. Vielleicht ist es für die Menschen auch einfacher, an einen Menschen, als an den anonymen lieben Gott zu glauben. Möglicherweise lag in dieser Simplifizierung sogar das ganze Geheimnis Hitlerscher Macht.

Durch den Ort floß ein kleiner, weidenumgebener Bach. Henryk bastelte sich aus feinem Maschendraht eine Reuse. Frau Bernotat freute sich, endlich wieder frischen Fisch braten zu können.

Die Idylle in dem freundlichen Haus war fast nicht mehr zu steigern – die Hausherrin hatte sogar begonnen, Henryk in die Konjugationsgeheimnisse der deutschen Grammatik einzuweisen: ich esse, du ißt, er, sie, es ißt, wir essen, ihr eßt, sie essen begriff er trotz der Unregelmäßigkeiten am schnellsten, weil sie dies in der Tischrunde beim Mittagessen demonstrierte – als im Herbst der große Donnerschlag erfolgte.

Wie ein wildgewordener Hornissenschwarm überfluteten plötzlich Soldaten alle Bauernhöfe des Dorfes. Ein Pole wurde gesucht, der eine Frau vergewaltigt haben sollte. Um das Unwesen im Keime auszurotten, wurden alle polnischen Zwangsarbeiter von einer Minute auf die andere zusammengetrieben und auf ein Lastauto verladen.

Henryk wurde auf dem Acker brutal von der Kartoffelschleudermaschine gerissen, er durfte nicht einmal die begonnene Bahn zu Ende roden. Die Pferde scheuten, rannten mit der führerlosen Maschine quer über das gesamte Feld, um schließlich an der Barriere des Stacheldrahtzaunes mit fliegenden Mähnen und schweißnassen Flanken anzuhalten. Frau Bernotat schrie über den Acker. Und sie tat noch etwas an diesem Tag.

Als ihr klar wurde, daß Henryk nicht zurückkehren würde, ging sie geradewegs in die Knechtekammer, riß das eine Bild herunter und warf es unter das Bett; sollte der hellere Fleck an der Wand doch ruhig eine häßliche Stelle darstellen.

Henryk und alle anderen kamen wieder in die berüchtigte Baracke. Anscheinend wußte niemand, was man mit den Männern anfangen sollte. "Am besten, alle liquidieren", meinte ein Aufseher.

Henryk verfiel wieder in eine apathische Stimmung, redete kaum, obwohl um ihn herum Landsleute mit dem gleichen Schicksal waren.

Schließlich, nach vier Tagen in diesem Verlies, faßte er aber doch Vertrauen zu einem Mann, den er sich lange angeschaut hatte. Das Interesse war gegenseitig. Der Gefangene, der etwa doppelt so alt wie Henryk war, bekundete auf sanfte Weise, daß er den Jungen mochte. Wenn die Sonne untergegangen war, nahm er Henryk in seinen Arm und begann zu flüstern. Die Wachen hatten um diese Stunde nicht mehr das scharfe Gehör des Tages. Was der Mann dem Jungen erzählte, war so ungeheuerlich, daß nach den langen Gesprächen in dem bis jetzt arglosen Jungen ein mutiger Entschluß erwuchs.

"Komm näher heran, Henryk, ich will Dir meine Geschichte erzählen." Henryk mußte mit einem anderen den Platz tauschen, was nicht einfach war, glaubte doch jeder, schon durch die kleinste Veränderung selbst hier sich einen Nachteil einzuhandeln.

"Im Oktober 1939 haben sie mich mit zehn anderen Partisanen bei Warschau geschnappt. Wir sind als sogenannte Heckenschützen – diese Wort sollte wohl die Hinterhältigkeit unseres legitimen Handelns besonders bekräftigen – mit vielen anderen polnischen Freiheitskämpfern in das Konzentrationslager Buchenwald eingeliefert worden."

"Was ist das, ein Konzentrationslager?"

"Warte ab, mein Junge. Ich erzähle meine Geschichte, dann weißt Du, was das ist. -

Wir kamen ausgerechnet in eine Abteilung des Lagers mit dem Namen Rosengarten. Schon hier sind drei von uns verhungert. Als dann auch noch eine Ruhrepidemie ausbrach, sind wir fast wie die zehn kleinen Negerlein alle nacheinander umgekommen, nur zwei überlebten. Um nicht andere anzustecken, kamen wir in den Quarantäneblock, aber glaube nur nicht, daß wir hier geschont wurden. Quarantäne bedeutete für die Schergen unverdiente Freizeit, Faulenzerei, übertriebene Gnade. Täglich dachte man sich neue Schikanen aus, die uns daran erinnern sollten, wie minderwertig wir für sie waren. Der grausamste Platz, den du dir vorstellen kannst, ist ein Appellplatz in einem solchen Lager. Wenn wir neu eingekleidet wurden, was selten geschah, fand das auf diesem Platz statt. In grimmiger Kälte mußten wir uns ausziehen. Hemden, Hosen, Unterhosen und Strümpfe landeten auf einem großen Wäscheberg. Gewöhnlich dauerte es zwei geschlagene Stunden, bis wir die neuen Utensilien überstreifen konnten. Damit aber nicht genug, das Mittagessen, meist eine dünne Wassersuppe, wurde auch auf diesem Platz ausgeteilt. Das dauerte auch wieder über zwei Stunden, so daß wir Geschwächten nicht nur einen dünnen, sondern auch einen kalten Fraß erhielten. Aber die Schikanen hatten damit keineswegs ihr Ende, fiel einer vor Schwäche um, so wurde er brutal ins Glied zurück geprügelt. Diejenigen, die den Mitleidenden zu stützen versuchten, legte man auf den Bock, wo ihnen mindestens zwanzig Stockhiebe verabreicht wurden. Der früh eintretende Winter verschlimmerte die trostlose Lage bis zur Hoffnungslosigkeit."

"Warum hast Du überlebt?" unterbrach Henryk den aufgebrachten Redefluß.

"Ich hatte das Glück, daß mich einer der Aufseher beim Schnitzen von Tabakpfeifen beobachtete. Er zeigte sie einem Blockführer, und der war so begeistert, daß ich von den anderen ausgesondert und in einen Schonungsblock gebracht wurde, wo ich, wie mir schien, für alle Deutschen im Lager Pfeifen geschnitzt habe. – Ich sprach vorhin vom Winter. Der sanfte Schnee schien für eine Weile die Untaten verdecken zu wollen, in Wirklichkeit aber wurden die Brotrationen gekürzt, die Suppe noch dünner und für die meisten, meist unbewiesenen, Verfehlungen Fastentage eingerichtet, die Kleidung wurde nicht den jahreszeitlichen Bedingungen angepaßt. Die allerkleinsten Frostwunden führten unweigerlich zum Tode, da die geschundenen Körper nach all den Strapazen keine Widerstandskraft mehr besaßen.

Ein Wintermorgen in seiner bläulichen Kälte hat sich mir besonders eingeprägt, es muß kurz vor Weihnachten gewesen sein. Alle aus dem Kleinen Lager, sie waren hierher aus dem Rosengarten verlegt worden, aber auch ich, obwohl ich mit meinen Schnitzereien vor dem Fest geradezu Hochkonjunktur hatte, mußten zur Entlausung in einen dunklen Baderaum. Unsere letzten Haare wurden mit einer Surrogatseife beschmiert, danach mußten wir uns auf eine Art Schlachtbank legen, damit man uns die Arme und Beine weit auseinanderreißen konnte, danach begann auf unsanfte Weise das Kahlscheren. Bei dieser kleinen Operation begann schon reichlich Blut zu fließen, und ich machte wieder die Erfahrung, wie entsetzlich es ist, so wehrlos fremden Menschen ausgesetzt zu sein. Danach mußten wir unter die Duschen, deren Abflüsse längst von Haaren, Blut und Erbrochenem verstopft waren. Zitternd vor Angst und Kälte wurden wir dann von Verschlag zu Verschlag geführt und bekamen in Ermangelung an Winterkleidung nur dünnes Sommerzeug zugeworfen, auch unsere Decken bekamen wir nicht gleich zurück, da die Desinfektion mindestens zwei Tage dauerte. Ich hatte immerhin einen Mantel, wenn auch mit herausgerissenen Knöpfen und Ösen, bekommen, dazu Hose, Fußlappen und Hemd, andere bekamen noch weniger, so daß sich am nächsten Morgen ein grauenvolles Bild bot: Im Schnee lagen, fein säuberlich geordnet, über fünfzig Männer, die die Kälte der Nacht, die Kälte der Menschen, nicht überlebt hatten. Ich glaube, daß in diesem Lager zunächst fast zweitausend Polen waren, am Jahresende aber noch höchstens fünfzig. Es lohnte sich nicht nach dieser Tragödie das Lager für die restlichen Gefangenen aufrecht zu erhalten, und so wurde es sofort aufgelöst. Als ich hörte, daß die Überlebenden in das allgemeine Lager überführt werden sollten, habe ich mich unter dem Vorwand, Herrn K. eine bestellte Pfeife bringen zu müssen, an die Stelle des Stacheldrahtzaunes begeben, an der ich vor einigen Tagen eine unscheinbare Vertiefung im Boden entdeckt hatte. Die Flucht gelang, und Du siehst, ich habe die Pfeife, die nur als Vorwand galt, sozusagen als Talisman immer bei mir; ich gebe sie jetzt Dir, Henryk, denn nun mußt Du fliehen. Glaub mir, sie werden uns nach diesem Vorfall bestimmt in ein solches Lager bringen."

"Warum kommst Du nicht mit?"

"Ich schaffe es nicht mehr zu fliehen, ich will mich in mein Schicksal fügen, ich habe nicht mehr die Kraft zu leiden. Aber Du bist jung und hast das Recht, Dich gegen das Leiden zu wehren, es zu meiden und Dich vor dem Leid zu schützen, denn denke daran, niemand darf ohne triftigen Grund einem Menschen Leid zufügen. Ich aber sehe im Leiden , das auf mich zukommt und dem ich mich jetzt bis zum baldigen Tod hingeben will, auch einen Sinn. Denke doch an unseren Herrn, wie er am Kreuz auf Golgatha gelitten hat und wie durch sein unendliches Leiden die Wiedergeburt des Guten entstanden ist. Schon oft haben wir Polen in unserer Geschichte diesen Rhythmus von Leid und Wiedergeburt erfahren. Wir sind wieder in einer Phase des Leidens; Henryk, einer muß anfangen, diesen Rhythmus zu durchbrechen!"

Henryk verstand den Appell seines Freundes nicht, aber er hatte instinktiv begriffen, daß er handeln müsse, und zwar so schnell wie möglich. Die Gelegenheit dazu ergab sich schon in den frühen Morgenstunden desselben Tages. Der Wachtposten, der darauf zu achten hatte, daß nur immer einer zur Latrine lief, konnte von Henryk durch den Türspalt beobachtet werden. Außerdem nahmen die Wächter in diesem Lager ihre Tätigkeit nicht allzu genau, da es noch nie vorgekommen war, daß es ein Gefangener gewagt hatte, einen Fluchtversuch zu unternehmen. Wohin sollten die Polen auch flüchten? So wagte es Henryk, an dem dösenden Soldaten leise auf seinen Fußlappen vorbeizuschleichen. Sein Freund deckte ihn vorsorglich ab, indem er ruhig hinter ihm herging. An einem Fenster hielten sie an. Der kranke Mann drückte Henryk an sich, steckte ihm die Pfeife in die Hosentasche und wandte sich ohne ein Wort zu sprechen ab, um auf seinem traurigen Lager Abschiedstränen zu weinen. Henryk drückte an einem hüfthohen Fenster, das ihm sein Freund am Tag vorher geöffnet hatte, und verschwand lautlos in der sanften Nacht. Sein Ziel war klar, zurück zum Hof, auf dem er gearbeitet hatte. Da er seine Herrin nicht erschrecken wollte, stieg er in dieser Nacht zum zweitenmal durch ein Fenster, diesmal in seine Knechtekammer. Das milde Mondlicht beschien seine kleine Bildergalerie. Er machte sich keine Gedanken über den Fleck, den er diesmal nicht verursacht hatte, er lächelte nur, daß er dem anderen

Bild, wie er glaubte, wieder ein gehöriges Stück näher gerückt war.

Das Milchkannengeklapper am frühen Morgen ersetzt an diesem Tag das Weckergerassel. Hastig fuhr Henryk in die Arbeitshose und öffnete die Kammer gerade in dem Moment, als Frau Bernotat aus der Küche trat. Wie vom Blitz getroffen erstarrte sie beim Anblick des treuen Henryks. Er versuchte, sie zu beruhigen, indem er ihr zu verstehen gab, daß er wieder beginnen wolle zu arbeiten, und zwar gleich mit dem Melken.

Hundegebell und der untrügliche, besondere Laut deutscher Wehrmachtsautos, die wie aufgefordert auf den Hof zu fahren schienen, gaben der Frau Gewißheit, daß Henryk geflohen sein mußte. Was das bedeutete, war ihr augenblicklich klar, sie würden den unschuldigen Jungen unweigerlich abknallen.

In zwei Minuten kann ein Mensch zum Schuft oder zum Helden werden. Frau Bernotat hatte nicht die Zeit, darüber nachzudenken, aber sie hatte sich das bißchen Menschlichkeit bewahrt, die es ihr verbot, ihren früheren Knecht dem Todeskommando auszuliefern.

In dem näherkommenden Getöse von Schreien, Bellen, Befehlen und Motorenlärm wies die Bäuerin Henryk rasch den Weg auf den Heuboden, dort solle er sich an einer Strebe hinunterhangeln. Sie wußte in der Schnelle kein besseres Versteck, das sie von ihren Jungen kannte.

Sie schlug ihr Kopftuch um ihr Haar, atmete durch und wollte über den Hof in den Kuhstall gehen, als die Häscher auch schon das Anwesen erreicht hatten. Sie kamen gleich zur Sache:

"Ein gewisser Henryk ist heute nacht getürmt, befindet er sich bei Ihnen?"

"Nicht, daß ich wüßte."

"Ist er nun hier?" klang es bereits barscher.

"Ich sagte bereits, was ich weiß."

"Wir haben Hunde, die auf Polacken geeicht sind."

"Lassen Sie die ruhig schnuppern, ich muß jetzt melken gehen."

Damit entfernte sich die mutige Frau.

"Die ist ja eiskalt, aber hier ist wohl tatsächlich nichts zu holen."

Das Todesschwadron raste auf den nächsten verdächtigen Bauernhof.

Frau Bernotats Hände zitterten so stark, daß sie nicht gleich imstande war, mit dem Melken anzufangen. Ein paar Minuten verharrte sie regungslos auf dem Melkschemel. Henryk hatte inzwischen mitbekommen, daß die Luft rein war, und so kam er aus seinem Versteck hervor, sagte nichts, fragte nicht, nahm sich nach alter Gewohnheit Eimer und Schemel und setzte sich unter seine Wärme ausstrahlende Lieblingskuh. Einmal schaute er um die knorrigen Kuhschenkel herum, um mit dankbarem Blick der Bäuerin zuzunikken. Als er dann noch den warmen Milchstrahl einer Zitze direkt in seinen Mund zielte, war fast alles wie früher.

Hatten für einen Moment lang die Gefühle das Geschehen auf diesem Hof bestimmt, so wurde Frau Bernotat sich ihrer hoffnungslosen Situation schnell bewußt. Henryk konnte nicht bleiben! Unterstützt wurde ihr Entschluß durch eine Salve knatternder Schüsse, die vom Barackenlager herüberschallte.

Henryks Freund hatte zugegeben, daß er bei den Fluchtplänen behilflich gewesen war, nachdem der Lagerleiter damit gedroht hatte, alle erschießen zu lassen, wenn sich der Mitwisser nicht melden würde.

Henryk ahnte, wer da erschossen worden war, und ihm wurde klar, daß er weiterfliehen müsse, nicht nur um seinetwillen, er durfte nicht auch noch das Leben der Bauernfamilie gefährden. In der nächsten Nacht schon machte er sich mit einem gutgefüllten Brotsack und seiner geschnitzten Pfeife durch die dunkle, schützende Nacht auf in den goldenen Westen. Frau Bernotat stand in der Küchentür, riet ihm noch, sich in das Lager M. einzuschleichen, da hier ein Sammellager für Zwangsarbeiter, die nach Schleswig-Holstein geschickt würden, eingerichtet worden sei. Sie war traurig.

Maria befand sich seit vier Tagen in einem Bahntransport in Richtung Westen. Viele junge Polinnen saßen eingeengt und verschüchtert in den kahlen Waggons. Die Zeit der glänzenden Salons, der klugen und heiteren Gespräche war endgültig vorbei. Hier sprach niemand davon, daß Arthur Schopenhauer in Danzig in der Heiligen-Geist-Gasse 45 1788 zur Welt gekommen war, hier wurde das Einmaleins des großen Schweigens, des animalischen Duckens, des Sich-Kleinmachens gelehrt. Sie fragte sich in der ersten Phase der Resignation, was sich wohl Herr Winckelhoff gedacht habe und ob die Arztfamilie in Warschau sich ihre jetzige Lage wohl vorstellen könne. Aber Maria befreite sich bald von den Gedanken, die eine Antwort aus der Vergangenheit suchten. Sie hatte einen unbezahlbaren Vorsprung gegenüber ihren Mitgefangenen, sie beherrschte die Sprache ihrer Feinde. Dies war sowohl aktiv als auch passiv von unschätzbarem Wert. Sie wurde gleich als quasi Dolmetscherin in der Hierarchie der Gefangenen eine Stufe höher gestellt. Daß dies nicht aus persönlicher Sympathie, sondern aus reinen Zweckgründen geschah, war Maria wohl bewußt.

Die Auswirkungen ihrer Bevorzugung lagen im täglichen Alltagstrott, sie durfte zum Beispiel zuerst die Kleidung und das Essen empfangen, Kleinigkeiten, die aber in dieser Zeit ein einzigartiges Privileg bedeuteten. Maria nutzte ihre Stellung nicht aus, ihre geistige Reife ging einher mit der Sanftmut der Einfühlsamen. Für ihre Landsleute hatte sie immer ein offenes Ohr. Sie wurde von ihnen besonders deshalb anerkannt, weil sie sich gegenüber den Bewachern manches herausnahm, was den anderen den Atem verschlug. Eines Abends forderte sie für eine Mitgefangene, die unter heftigen Migräneanfällen litt, eine Tablette. Ein junger Soldat, der gerade in Stettin hinzugestiegen war und die Position Marias noch nicht einzuschätzen wußte, lehnte die Bitte ab mit dem Kommentar, sie könne ruhig krepieren, eine Polackin mehr oder weniger, was mache das schon aus. Maria schrie ihn an. Alle Mitfahrenden erhoben erschrocken die Köpfe. Der Soldat wollte gerade mit dem Gewehrkolben auf sie einschlagen, als ein älterer Soldat ihn in letzter Minute davon abhielt. Maria hatte die Lage richtig eingeschätzt, ohne sie konnten die Befehlshaber den "Polinnen-Transport", wie dieser Geisterzug bald genannt wurde, nur schwer zum Ziel bringen.

Maria war die einzige unter ihren Landsleuten, die nicht ein dickes Wolltuch über ihre abgeschnittenen Haare gebunden hatte. Als sie von den rüden Soldaten hörte, daß sie alle verächtlich "Schuras" genannt wurden, hatte sie ihr Tuch demonstrativ über die Köpfe der anderen Frauen in die Ecke geschleudert. Sie schritt durch die Reihen der Mitleidenden wie Johanna von Orleans durch die Schlachtfelder, mit zwar kurz geschorenem aber erhobenem Kopf. Es wagte ihr aber dennoch niemand der Eingeschüchterten zu folgen.

Durch die Gespräche der Soldaten untereinander hatte Maria erfahren, daß dieser Gefangenentransport in ein Sammellager in der Nähe von Wismar gebracht werden sollte. Was danach mit ihnen geschehen solle, erfuhr sie aber noch nicht, vielleicht wußten es ihre Bewacher auch nicht, denn mit den Befehlen ging es schon in diesen Monaten drunter und drüber, heute Hü, morgen Hott. Sie verschwendete auch keine Gedanken an die fernere Zukunft, überleben hieß ihre Devise, überleben unter den besten Bedingungen in dieser miserablen Lage. So hatte sie es verstanden, daß das unwürdige Kreisen des Exkrementeneimers vor den feixenden Soldaten ein Ende fand. Einmal am Tag durften sie auf dem gerade angelaufenen Bahnhof aussteigen und ihre Notdurft auf der Bahnhofstoilette verrichten. Wenn die Dinge nicht so traurig gewesen wären, hätte man über die lange Schlange vermummter Gestalten vor einer einzigen Bahnhofstoilette schmunzeln können.

Waren also die täglichen Dinge einigermaßen erträglich geworden, und um sie schien es eigentlich nur zu gehen, wenn man überleben wollte, so hatte aber Maria aus einem Gespräch des Zugführers mit dem Kommandierenden des Gefangenentransportes heraushören können, daß diese Frauen hier viel zu gut behandelt würden, schließlich hätten nach Himmlers Weisung die Polen, genau wie die Russen selbstverständlich, als minderwertig angesehen und dementsprechend behandelt zu werden. Durch solche

Gespräche verlor Maria neben dem Blick für die täglichen Notwendigkeiten nie die große Linie, nach der tatsächlich gehandelt wurde.

Eines Tages, so hoffte sie, könne sie sich rächen, wenn sie es bis dahin nicht fertigbrächte zu verzeihen. Diese beiden Pole lagen nicht wie Nord- und Südpol meilenweit auseinander, sondern prallten jeden Tag in ihren Gedanken zusammen oder rissen auseinander, aber nur ein kleines Stück, weil der eine Gedanke den anderen stets einholte.

In einer Nacht- und Nebelfahrt erreichte das Last-auto über Karlsruhe, Heidelberg, Frankfurt schließlich Kassel. Hier trieb man die etwa vierzig Gefangenen zum Bahnhof. In einem Geisterzug, die Waggons wurden auf fast allen Bahnhöfen eine Stunde lang ohne ersichtlichen Grund hin und her geschoben, erreichten sie erst vier Tage später Hamburg. Das, so glaubte Pierre, müsse die Endstation sein, denn Hamburg bedeutet für ihn das nördliche Ende Deutschlands, weiter konnte es nicht gehen in diesem gräßlichen Gefährt.

"Hambourg, eine riesige Stadt", munterte er seine Kameraden auf, "eine Weltstadt, o, la, la, und Sankt Pauli, wir werden sehen."

Davon hatte man auch in der Bourgogne gehört. Aber im Krieg, so sagte er sich bald, wird das Vergnügen wohl ganz geschlossen haben. Was ihm noch zu Hamburg einfiel, war der Regen. In Marseille hatte er einen Seemann getroffen, der behauptet hatte, daß die Flüsse dieser Stadt allein durch den Regen gespeist seien.

"So schlimm wird es nicht sein", sagte er laut vor sich hin, "wo ich bin, regnet es sowieso nicht."

Er behielt immer noch seinen Optimismus. Nur allzu schnell wurde dieser niedergeknüppelt, als sie den Ort Neuengamme erreichten.

Pierre hatte noch nichts von Konzentrationslagern gehört. Als er im Zug hörte, 'wir sind am Ziel', hatte er gehofft, endlich etwas zu essen zu bekommen und ein wenig zu trinken, denn außer einigen Futterrüben hatten sie in den letzten sechsunddreißig Stunden nichts gegessen.

Aber es kam alles anders.

Eine SS-Abteilung holte sie ab, brüllte die Männer aus dem Zug und prügelte sie ins Lager hinein. Dort passierte stundenlang nichts, stehend mußten sie auf dem kalten Betonboden einer zugigen Baracke warten. Es gab noch immer nichts für ihre ausgemergelten Mägen. Hier sah Pierre zum erstenmal vom Lagerleben gezeichnete Menschen in natura. Eingefallene Wangen, hervorstehende Knochen, herausquellende Augen, gebückte Quasimodos: er glaubte sich in einem Gruselkabinett. Fragen wurden hier nicht mehr gestellt, wagte es dennoch jemand, so wurde die Antwort ihm körperlich erteilt. Pierre gesellte sich augenblicklich in das Heer der Sprachlosen, erkennend, daß andere Mittel als Mut den Überlebenskampf, denn nichts anderes war es, das spürte er von der ersten Minute an, bestimmten. Aber es gab dennoch, so glaubte er jedenfalls, gleich einen Hoffnungsschimmer, diesen dumpfen Ort bald wieder verlassen zu können, ihm wurde nämlich sein kärglicher Besitz, ein Ausweis, eine Uhr, ein schmaler Ring und seine Kleidung registriert, getütet und mit seiner Adresse versehen. Das würde man nur tun, wenn alles nur kurz und vorübergehend sei, davon war er überzeugt.

Die große Desinfektionsorgie gehörte auch hier zum festen Ritual. Pierre verlor seinen kostbaren Kopfschmuck, den er zu pflegen sich immer große Mühe gegeben hatte, ganze Tonnen von Brillantine hatten die Haare in seinem kurzen Leben schon genossen; brutal wie bei einer australischen Schafschur – selbst sein kesses Oberlippenbärtchen, das ihn, wie er meinte, erst zum Mann gemacht hatte – wurden die Haare in wenigen Schnitten das Opfer des gnadenlosen Scherers.

Viel schlimmer als der Verlust der Haare war der Verlust der menschlichen Würde, das Ausgeliefertsein, ohne sich artikulieren, handeln oder gar sich wehren zu können. Pierre konnte sich nicht mehr zusammenreißen. Auf seinem Gesicht vermischten sich verbliebene Haare und der Staub der langen Bahnfahrt mit seinen Tränen, die jetzt wie Bäche aus ihm herausquollen, die es aber nicht schafften, das Unrecht abzuwaschen. Und es war niemand da, der ihn tröstete, niemand, der sagte, alles sei nur ein Spuk, ein schlechter Scherz. Es war auch nichts von beiden, es war lediglich das Vorspiel zu immer entwürdigenderen Handlungen.

In der stockdunklen, kalten Nacht, die unendlich schien, weil es keine Ruhephase gab, trieb man die Männer in einen großen nassen Keller zur obligatorischen Entlausungsaktion. Hier bekam Pierre seine primitive Kleidung zugeworfen. Als provisorisch auf seiner viel zu großen Jacke und auf dem rechten Hosenbein der Anfangsbuchstabe seines Nationalitätenabzeichens, das "F", befestigt worden war, führte man ihn mit den anderen Gefangenen über den winddurchpeitschten Appellplatz in die lang ersehnte Schlafbaracke. Aber, so schien es, die war bereits voll besetzt, manchmal lagen zwei, oft sogar drei Männer auf einer achtzig Zentimeter schmalen Pritsche. Daß sie hierher geführt worden waren, mußte ein Versehen sein. Pierre wollte sich deshalb zum Ausgang begeben.

"Such Dir ein schönes Bett, kleiner Franzose", klang es höhnisch, "hattest wohl was anderes erwartet." Die Antwort, um die er nie gebeten wurde, schluckte er in sich hinein, eilte zurück und suchte mit flehendem Blick in den vielen Reihen dreistöckiger Liegen nach einer Schlafgelegenheit. Ein junger Däne, dem es beim Eintritt in diese Hölle sicher nicht anders ergangen war, hatte schließlich Erbarmen mit dem Herumirrenden und wies ihm mit lautloser Geste einen schmalen Platz an seiner Seite. Leider blieb dies der einzige Beweis menschlicher Regungen in diesem Lager. Hatte Pierre geglaubt, bei den Schicksalsgenossen eine gewisse Solidarität anzutreffen, so wurde er zutiefst enttäuscht. Jeder sah im täglichen Überlebenskampf im anderen seinen Feind. Das Gemeinste waren die Diebstähle untereinander. Man sollte meinen, daß es nichts zu stehlen gab, aber wie immer, so war auch hier noch alles aus der Relativität heraus zu bemessen. Eine zerlumpte Jacke, ein Paar ausgetretene Schuhe, ein Löffel, eine verbeulte Schüssel: das bedeutete hier Geld, Gold, ja, eigentlich mehr, denn es wurde umgesetzt, nicht, um reicher zu werden, sondern um weiter zu leben, seine Existenz weiter zu behaupten. Brot und Suppe waren der einzige Reichtum für diese Menschen, dafür lohnte es sich, täglich sich neu zu konzentrieren. Die Maßstäbe von Gut und Böse verwischten in dem Maße, wie die Rationen im Laufe der Monate immer kärglicher wurden. Viele hielten dem Druck des Aufgebens ihrer früheren Wertmaßstäbe nicht stand, sie resignierten. Resignation aber bedeutete hier unweigerlich Tod. So war es einem Holländer ergangen, der bei der überstürzten Zuteilung seine Schuhe verloren hatte, die ein anderer unter seiner Jacke verschwinden ließ. Er brachte nicht den Mut auf, dies zu melden und ging drei Tage lang barfuß in den rauhen Herbsttagen von morgens halb sechs bis abends um achtzehn Uhr, solange nämlich durften sie nicht in die Baracken. Schließlich erlöste der Tod den ängstlichen Mann.

Pierre beobachtete alles und schwieg. Was er erkannte und ihn zutiefst bedrückte, war die Ohnmacht der Menschen, die Herabwürdigung zum Tier, der Verlust jeglicher Individualität. Hier vegetierte eine Masse, die Masse Mensch, als reines Negativum.

"Könnte Masse nicht auch im Sinne von Ortega y Gasset aufstehen und eine Veränderung, allein schon aus der Quantität heraus, erreichen?"

Seine hochfliegenden Gedanken wurden durch einen Schlag der jetzt regierenden, übermächtigen Barbaren jäh gestoppt. Das war die Realität: Ob jemand noch fähig war zu reflektieren, ob jemand stoisch den nächsten Tag abwartete, ob jemand stahl oder sich bemühte, auch hier noch Mensch zu sein – niemand konnte etwas bewirken. Hier schienen philosophische Gesetze, naturgemäße Gesetzmäßigkeiten stillzustehen oder ins Umgekehrte verdreht zu sein. Heraklits panta rhei? Nichts floß mehr, es sei denn, alles gegen den Strom der menschlichen Vernunft und Würde. Reaktionen gegen Gewalt? Keine Spur, die Aktionen der Gewalttätigen erstickten jede Regung der Untergebenen im Keim.

Schon nach wenigen Tagen im Stammlager wurde er mit anderen in ein Außenlager beordert. In der näheren Umgebung Hamburgs und in der Stadt selbst wurde er bald auf einem Bauernhof, bald auf einer Werft oder in Handwerksbetrieben als Hilfsarbeiter eingesetzt. Je nach der Entfernung gingen sie zu Fuß, oder sie wurden mit Lastautos, in Viehtransportern oder mit der Bahn in die verschiedenen Einsatzorte gefahren. Abends kehrten sie zunächst in das Stammlager zurück. Die Fahrten waren stets früh am Morgen und spät am Abend, damit die Zivilbevölkerung nichts von diesen Aktionen mitbekam.

Pierre fühlte sich auf den verschiedenen Arbeitsplätzen wohler als im Lager, war es hier bei der schweren Arbeit doch jedenfalls manchmal möglich, mit anderen Menschen zu sprechen, ohne die permanente Angst vor dem Sadismus der Bewacher haben zu müssen. Auch hier wurde er selbstverständlich als Sträfling angesehen, wer wagte schon, nachzufragen, was der Einzelne denn verbrochen habe. Es bedeutete schon viel, wenn einer überhaupt mit ihm sprach. Das Nichtkommunizieren war ein typisches Zeichen für das schlechte Gewissen, vergleichbar mit der körperlichen Gewalt. Welche Gewalt aber die grausamere war, diese Frage brauchte für den temperamentvollen Franzosen nicht beantwortet zu werden.

Eines Morgens, wieder standen die Männer stundenlang auf dem eisigen Appellplatz, wurde Pierre mit eingeteilt, etwa zweihundert Kilometer nördlich von Hamburg als Zwangsarbeiter für längere Zeit auf einem Bauernhof zu arbeiten. Zweihundert Kilometer nördlich? Das konnte nach Pierres Geographieverständnis nur in Dänemark sein. Und das schien ihm auch durchaus möglich, besaßen die Deutschen in Europa doch sicher bereits alles! Bestärkt wurde sein Glaube durch sein Wissen als Agrarexperte, daß der Bauernstaat Dänemark in dieser Zeit bestimmt viele Arbeitskräfte nötig habe wegen der fehlenden Männer, die jetzt als Soldaten an irgendeiner Front Sinnloseres als Ackerbestellung zu verrichten gezwungen waren. Aber was wußte er schon Genaues? Er war abgeschnitten von jeglicher Information, Fragesätze waren verpönt, Gespräche unvorstellbar. Das Aufnehmen von überlauten, rohen Imperativen und das kritiklose Ausführen von deren Inhalten machte diese Zeit zu Robinsonaden der Sprachlosigkeit. Auch untereinander wurde kaum der Versuch unternommen, ein Gespräch anzufangen. Wer einmal einen Gewehrschaft ins Kreuz oder Gesicht geschlagen bekommt, nur, weil er zu sprechen gewagt hat, läßt dies Instrument menschlicher Kontaktaufnahme wie ein geschlagenes, winselndes Tier augenblicklich versiegen.

Daß Pierre sich mit seinen geographischen Vorstellungen im Irrtum befand, bemerkte er bald. Auf einer Zwischenstation, die allerdings einige Wochen dauern sollte, landeten sie in der Nordseestadt Husum. Er erinnerte sich nicht daran, diesen Namen je gehört zu haben, aber die Namen der Schiffe im Hafen, an denen sie langsam vorbeifuhren, und das Niederdeutsch, das die Menschen hier so ähnlich wie bei seinen Arbeitseinsätzen um Hamburg herum sprachen, ließen keinen Zweifel daran, in welchem Land er sich weiterhin befand.

Mit zweitausend anderen Gefangenen wurde Pierre in ein neues Lager getrieben, sie bekamen wieder nur feuchte Schlafplätze, und wieder mußten mindestens zwei Männer auf einer Pritsche ihren Schlafplatz finden. Pierre bekam einen muffigen Strohsack als Ruhelager. Schon um fünf Uhr wurden sie am nächsten Tag geweckt. Ein Becher kalten Tees und zwei

Scheiben trockenes Brot sollte die schwachen Männer vorbereiten für das schwere Tagewerk in der morastigen Marsch. Wie die Moorsoldaten, den Spaten über der rechten Schulter, ging es hinaus in die unendlich scheinende Landschaft. Der Horizont lag immer auf der Erde. Wolken, Himmel, Wasser, Wind und Erde bilden hier seit Ewigkeiten eine düstere Einheit, besonders wenn der Herbst mit seinen kürzeren Tagen die hohen Himmel des Sommers abgelöst hat. Die blöden Schafe, jetzt mit dem Kopf nach Osten, kauen noch trauernd den vergangenen Wiesenkräutern nach. Durchziehende Wandergänse haben nicht nur einen harten Schrei, sondern auch ein viel zu hartes Wesen, um etwa Nils Holgersson in den Süden zu bringen.

Pierre hatte solch eine Landschaft noch nie gesehen. Es wäre primitiv, sagte er sich, von der Landschaft auf die Menschen zu schließen, aber er schloß nicht aus, daß Kälte Kälte erzeuge. Orangen jedenfalls würden hier nicht gedeihen.

Im Gegensatz zu vielen anderen in seinem Trupp fiel es Pierre nicht schwer, mit dem Spaten zu arbeiten, er war es gewohnt, sich körperlich anzustrengen. Wer einen Bullen in seine Schranken verweisen kann, beherrscht auch einen Spaten, mit dem schnurgerade Gräben durch die kleiige Erde gezogen werden mußten. Schwierigkeiten boten dem kurzbeinigen Franzosen die breiteren Gräben, die vor und nach der Arbeit mit einem Springstock übersprungen werden mußten. Es gab hier nämlich keine Wege und Zäune. Zum Vergnügen der Kapos landete Pierre oft im eiskalten Wasser, dies wurde noch einmal bestraft durch ein paar Schläge der Aufsichtspersonen, die meinten, daß er sich nicht so dämlich anstellen solle.

Die Odyssee des Henryk endete zunächst nicht in dem Lager, das Frau Bernotat angesprochen hatte. Er vagabundierte durch fremde Gegenden, nicht wagend, irgendwo um Essen oder Arbeit anzufragen. Er besaß die Witterungsqualitäten eines Jagdhundes. Seine verdächtige Kleidung hatte er längst in einem abgelegenen Bauernhof in neutralere umgetauscht. An einer Flußbiegung hatte er schließlich eine verwaiste Jagdhütte ausgemacht. Nachdem er sie tagelang aus sicherer Entfernung beobachtet hatte, diente sie ihm monatelang als sicheres Quartier, niemand schien in diesen Zeiten auf die natürliche Jagd zu gehen.

Wieder baute er sich eine Reuse, freute sich wie ein Kind, wenn er den Fisch ausnahm, ihn in Waldkräuter wickelte, an einer uneinsehbaren Feuerstelle auf einem Stock briet und ihn dann mit Behagen verspeiste. Sein Menueplan war vielseitig. Fasanen, Hasen und gestohlene Hähnchen, ja, einmal klaute er sogar ein junges Schwein, ließen ihn wie Gott in Frankreich leben. Dazu gab es frische Milch, die er sich aus den Eutern der grasenden Kühe molk. Als Höhepunkt in seiner bescheidenen, glücklichen Welt nahm er sich sein Pfeifchen hervor, stopfte es mit getrocknetem Tabak, den er in den Gärten im Dorf nachts gepflückt hatte, und dachte nicht weiter an die Zukunft. Er genoß sein Dasein.

Auch über den Winter zu kommen, gestaltete sich für ihn als nicht allzu schwierig, obwohl er jetzt auch tagsüber in der Hütte bleiben mußte. In einem war er sicher, wenn die Hütte schon nicht im Sommer genutzt wurde, so würde sie in ihrer Abgeschiedenheit erst recht nicht im Winter aufgesucht werden, zumal sich in den nächsten Wochen die Wege mit hohen Schneewehen bedeckt hatten.

Der Fluß erstarrte im harten Frost. Henryk machte sich ein Feuer, zwar nicht im Ofen, der Qualm durch den Schornstein hätte ihn in seinem Versteck verraten können, sondern er riß einige Bohlen aus dem Fußboden und entzündete auf dem Sandboden darunter ein kleines Holzfeuer. Die Vorräte, die er an den Wänden, auf dem Boden und an der Decke gelagert hatte, hätten einem Hamster große Ehre Gemacht.

Aber dann kam alles anders.

Henryk meinte, in diesen Wintertagen müsse irgendeinmal Weihnachten sein. Ein unsäglich trauriges Gefühl durchströmte den braven Jungen und der Drang, eine Messe zu besuchen. Er vermummte sich also und stapfte durch den hohen Schnee über den gefrorenen Fluß ins Dorf hinein. Die ihm begegneten, schöpften keinen Verdacht, sah er doch in seiner Wintertracht nicht anders aus als sie selber. Vor der Kirchentür stehend schlug er ein Kreuz, schlug den losen Schnee von der Hose und Joppe und trat hinein, denn die Tür war tatsächlich offen. Er suchte zur Rechten das Weihwasserbecken, das er aber nicht finden konnte, weil er sich in einer evangelischen Kirche befand. Verwirrt schlug er wieder ein Kreuz über seiner dickwattierten Joppe. Beim Anblick des Altars verharrte er einen Augenblick, um dann in tiefer Frömmigkeit, sich niederkniend, den Anblick in unendlicher Sehnsucht in sich einsaugend. Sein Körper zitterte unter den dicken Lagen seiner zerrissenen Kleidung. Er vergaß alles um sich herum, betete leise und inbrünstig seine in der Kindheit gelernten Gebete. So mochte sich Jesus seine Anhänger gewünscht haben: einfach und erhaben, ohne jegliche Spur von Stolz und Berechnung.

Henryk erhob sich nicht, sondern schien all das, was er monatelang seinem Gott nicht hatte mitteilen können, in diesem Moment ihm zuzurufen und erklären zu wollen. Es war Bitte und Frage, Gebet und Beichte zugleich. In der Nische am Aufgang zur Kanzel hatte der Kirchendiener die ganze Angelegenheit lange beobachtet, als er schließlich mit ernster Miene auf das traurige Bündel im hinteren Kirchengang zuschritt. Henryk witterte keine Gefahr, er glaubte, ein Pfarrer komme auf ihn zu, um auch ihm ein gesegnetes Weihnachtsfest zu wünschen. Sicher hätte er in jeder anderen Situation versucht zu fliehen, aber hier, in dem gesegneten Ort, in der Enklave des Guten, hier durfte auch er bleiben, das stand für ihn fest. Jemand, der hier auf ihn zukäme, würde ihn beschützen, ihn aufnehmen, ihn sozusagen im Schoße der Nächstenliebe behüten. Als dann noch von der Empore Orgelmusik herabrieselte, hatte das Paradies vollends die ängstlichen Alltagsgedanken besiegt. Daß nur zufällig an diesem Morgen der pensionierte Konrektor für den nächsten Sonntagsgottesdienst übte, weil der neue Kantor vor einer Woche eingezogen war, spielte keine Rolle für das Glücksgefühl, das Henryk durchströmte.

Der Kirchendiener tippte Henryk sanft auf die Schulter und sah in ein müdes, unglaublich abwesendes Jungengesicht. Es war nicht auszumachen, wie alt dieser Mensch vor ihm war. Der Kirchenmann blieb ruhig, obwohl er ahnte, daß mit dem Mann vor ihm nicht alles mit rechten Dingen vor sich gegangen sein konnte.

Henryks Versuch, ihm klarzumachen, das er den Weihnachtsgottesdienst besuchen wolle – er stand plötzlich auf, rannte geradewegs auf die Altarbilder zu und stammelte vor den Szenenbildern der Geburt Jesu Christi: "Nazareth, Bethlehem, Joseph, Maria, Jesus" – verstand der Kirchendiener, und er erwiderte: "Nein, nein, wir sind jetzt im Monat März, der wird schon bald wieder gekreuzigt."

Aber der alte Mann erkannte auch, daß der vor ihm kein Krimineller war, vielleicht nur einer, der christlich ein bißchen verblendet war, aber besser das, sagte er sich, als die vielen Kirchenignoranten in dieser unchristlichen Zeit. Er hätte es sich leicht machen können, diesen Polen, denn daß er ein Pole war, hatte er bei den ersten Worten am Altar erkannt, zu melden.

Aber er hatte sich seinen Teil des christlichen ABC's erhalten und tat das Gegenteil seiner politischen Pflicht, indem er ihn am Arm packte und ihn aus der Kirche in sein Haus führte. Henryk nahm, immer noch in religiöser Trance, die quasi Einladung nur zu gern von ihm an. Als er aber aus seiner gebückten Haltung sich aufrichtete und plötzlich auch noch die beruhigende Musik aufhörte, klammerte er sich doch an den Kirchendiener, der ihm schützend einen Arm um die Schultern legte.

"Herr Diegandt, wer ist denn das alte Männchen?" klang es von der Empore.

"Ich weiß nicht, vielleicht ist er aus dem Altersheim, er glaubt, heute sei Weihnachten."

"So`n nutzloser Brotfresser, hält Sie auch noch von ihrer Arbeit ab."

"So schlimm ist es nicht, er hat nur ganz intensiv ihrem Orgelspiel gelauscht."

"Na, auf so ein Publikum kann ich gern verzichten."

Das unerfreuliche Gespräch wurde abrupt durch das Zuknallen des großen Kirchentores beendet.

Der fromme Kirchenmann brauchte keine besonderen Vorkehrungen zu treffen, um den Fremden sicher in sein Haus zu führen, denn erstens war er eine integre Person und zweitens war Henryks Kleidung die beste Tarnung, so daß niemand auf unlautere

Gedanken kam, wenn er das merkwürdige Paar daherschreiten sah.

Frau Diegandt wollte das Samaritergehabe, wie sie es nannte, nicht gleich akzeptieren. Die Diegandts hatten drei Söhne, von denen einer im Polenfeldzug gefallen war, die anderen waren zur Zeit an der Westfront. Als sie aber bemerkte, daß ihr Mann sich auf gar keinen Widerspruch einließ, goß sie Wasser in den großen Kessel, um dem Fremden ein Bad zu bereiten.

Es stank entsetzlich, als Henryk begann, sich auszuziehen. Manche Kleidungsstücke hingen schon über ein Jahr lang an seinem Körper. Er schämte sich. Frau Diegandt ermunterte ihn freundlich, und sie erkannte erstaunt, wie beim Auskleiden aus dem alten, verkrusteten Mann plötzlich ein schlanker, wohlgestalter Jüngling wurde. Zuletzt schrubbte sie ihm im alten Holzzuber sogar den Rücken; vielleicht mag sie daran gedacht haben, daß irgendwo in dieser furchtbaren Zeit auch einem ihrer Söhne solch eine Wohltat zuteil werden möge.

Henryk bekam frische Kleidung, die säuberlich in den Schränken der Söhne lagerte. Nachdem er einen deftigen Weißkohlpudding mit mehr Hackfleisch als Weißkohl verputzt hatte, versuchte Diegandt mit Hilfe einer Zeichnung Henryk zu erklären, daß er ihn in ein Sammellager für ausländische Arbeiter bringen wolle. Augenblicklich wurde Henryk hellwach, nun fühlte er sich wieder wie ein bedrohtes Tier. Aber die Ruhe und Freundlichkeit der beiden Gastgeber besänftigten ihn schließlich doch, vielleicht auch deshalb, weil Frau Diegandt einige Wörter Polnisch sprach, da sie jahrelang in Allenstein in einem Handelskontor gearbeitet hatte, so daß Beziehungen weit nach Polen hinein bestanden hatten. Und auch Henryk steuerte ein paar Brocken Deutsch bei, die noch aus Frau Bernotats Bemühungen stammten.

Am Abend desselben Tages fuhren sie gemeinsam mit der Bahn zum Lager. Herr Diegandt ging mit Henryk direkt zum Kommandanten und erklärte dem, daß er diesen jungen Mann nun nicht mehr als Hilfe benötige, da er von seiner schweren Krankheit genesen sei und somit diese Arbeitskraft anderen, die sie nötiger hätten als er, zum Beispiel die tapferen, fleißigen Bauernwitwen, zur Verfügung stelle.

Das war so perfekt dem kleinen Machthaber vorgetragen, daß Rückfragen unterblieben und Henryk schnell in der Masse der anderen in diesem Lager untertauchte. Diegandt schaute sich beim Verlassen des Lagers nicht um. Seine Frau gab Henryk am Tor lautlos die Hand, und sie fuhren bedrückt zurück.

Als im April das letzte Eis geschmolzen war, machten die Buben des Dorfes wieder ihre Erkundungsspiele. Die steigenden Wärmegrade und die Abenteuerlust trieb sie über die Dorfgrenzen hinaus. Und so kam es, daß sie eines Tages auch die verlassene Jagdhütte entdeckten. Die verhängten Fenster hinter den halboffenen Fensterläden erweckte ihre Aufmerksamkeit, vielleicht gab es dort eine Leiche oder etwas ähnlich Gräßliches? Sie zerschlugen ein Fenster.

Eine Karawane von Neugierigen hatte am Himmelfahrtstag nur einen einzigen Spaziergang, nämlich den zur Jagdhütte. Der Bürgermeister, ein anständiger, gerechter Mann, verteilte die geheimnisvollen Kostbarkeiten gerecht, er selbst nahm sich die Bündel getrockneter Pfefferminzblätter wegen seines chronischen Hustens. Den größten Anteil bekam das Altersheim, aber auch die Familie Diegandt wurde bedacht, weil sie sich besonders hervorgetan hatte, alles schnell und verantwortungsvoll zu verteilen.

Maria hatte schon mehrere Tage heftige Zahnschmerzen. Eine kaum erwähnenswerte Tatsache in einem totalen Krieg, in dem in jeder Minute ganz andere Schicksale sich abspielten. Aber für die Fortführung des weiteren Weges hatte dieser Tatbestand für Maria weitreichende Folgen.

Ein Soldat holte sie aus der Gruppe und führte sie in eines der vorderen Zugabteile. Dort hielt sich der sogenannte Kommandostab auf. Bei einem Stopp in irgendeiner mecklenburgischen Stadt war der Oberkommandierende auf die Idee gekommen, mit Maria über den weiteren Weg der Gruppe zu sprechen. Man sollte meinen, diese Tatsache sei ein besonderes Privileg, Maria hatte tatsächlich große Hoffnungen. Sie versuchte, ihren Zahnschmerz zu vergessen, aber immer wieder fuhr ihre Hand unwillkürlich an ihre rechte Wange.

"Was haben Sie denn, kleine Maria?" begann der Major das Gespräch.

"Kleine Maria hat Zahnschmerzen, Herr Offizier," entgegnete sie kindisch, um ihm klarzumachen, daß sie sein falsches Mitleidsgetue durchschaut habe.

"Na, dann kommen wir mal zur Sache," reagierte er barsch, "wir sind bald am Ziel."

"An welchem Ziel? Was haben Sie eigentlich mit uns vor? Wir haben allesamt nichts verbrochen!"

"Ob die anderen etwas, wie Du sagst, verbrochen haben, vermag ich nicht zu sagen, Deine Akte aber kenne ich, die Sache in Danzig und Zoppot ist doch wohl eindeutig, nicht wahr?"

"Sie ist eindeutig, für Sie, so, wie sie in den Akten steht, für mich jedoch ganz anders, aber ich bin nie gefragt oder verhört worden. Mir schnitt man nur die Haare ab und stempelte mich zur Polenhure."

"Wäre wohl noch schöner, Dich auch noch zu verhören! Dies Gespräch zwischen uns findet sowieso nur ganz inoffiziell statt, ich habe bewußt jede weitere Person aus diesem Abteil entfernen lassen."

"Sagen Sie es gleich, wollen Sie mit mir auch schlafen?"

"Maria, Du bist intelligent aber viel zu direkt. Vielleicht bist Du so aggressiv wegen der Zahnschmerzen, soll ich Dir eine Tablette geben?"

"Sparen Sie sich alles. Beantworten Sie aber bitte eine Frage, die andere, die ich bereits stellte, haben Sie mir schon längst beantwortet, also, warum werden wir in diesem von uns nicht gewollten Krieg wie gemeine Kriegsverbrecher behandelt, wie Freiwild, an dem sich jeder austoben darf?"

"Diese Frage klingt so, als ob ich mich für all das, was geschehen ist und täglich weiter geschehen wird, bis wir unseren Traum vom unbegrenzten Land mit wundervollen blonden, blauäugigen germanischen

Menschen erfüllt haben, rechtfertigen müsse. Dennoch, ich will es Dir erklären, weil Du nicht nur kratzbürstig bist, sondern weil Du auch interessante Fragen stellst, die ich als Soldat, der ich im Augenblick mit ganzem Herzen bin, zwar besser nicht beantworten sollte, aber als Jurist im Zivilberuf sicherlich doch mit anderen Maßstäben beurteilen würde."

Maria fühlte immer heftiger ihren oberen Eckzahn durch die dünnhäutige rechte Wange. Ihr wurde der breitgefächerte Redeschwall schon zu viel, weil sie fühlte, daß nur um einen heißen Brei herumgeredet wurde, den sie, wie heiß er auch sei, nicht bereit war auszulöffeln. Ihre Erfahrungen mit Herrn Winckelhoff in Danzig hatten sie für ihr Leben für gewisse Dinge wachgerüttelt. Ganz ruhig fragte sie, aus ihren Gedanken sich mühsam befreiend: " Wollen Sie meine Frage, warum wir hier wie Kriegsverbrecher behandelt werden, beantworten?"

"Wie gesagt, ich bin Dir keine Rechenschaft schuldig, aber ich will Dir die Frage vom juristischen Standpunkt, in dieser Situation quasi von der menschlichen Seite her, beantworten."

Wieder wurde der Beginn seiner ihm sehr schwerfallenden Erklärung unterbrochen, als ein Gefreiter sich nach den Wünschen des Herrn Major erkundigte. Er hätte keine Wünsche und wolle nicht gestört werden.

"Sagen wir es formal-juristisch", fing er wieder an, "eine occupatio bellica bedeutet für das eingenommene Land, daß erst einmal unterschieden werden sollte zwischen dem Militär des betreffenden Landes und der Zivilbevölkerung."

"Ich gehöre ganz eindeutig zur zweiten Gruppe," wagte Maria den Redefluß zu unterbrechen.

"Moment, Moment, ich komme schon auf den Punkt, auf den Du hinaus willst. Ein Glück, daß wir in diesem gottverdammten Nest einen längeren Aufenthalt haben."

Maria räusperte sich.

"Also, macht man zunächst – rein theoretisch, versteht sich – einen Unterschied zwischen Militärpersonen und Zivilisten, so stellt sich dennoch die Frage, wie weit in einem totalen Wirtschaftskrieg dieses Privileg aufrecht erhalten werden kann."

"Aber das Individuum genießt doch nach vielen Konventionen einen berechtigten Schutz."

"Maria, die Freiheit des Individuums ist den modernen Kriegen längst zum Opfer gefallen, dieses Recht kann nicht in die moderne , grausame Welt des totalen Krieges hinübergerettet werden. Auch der völkerrechtliche Schutz des Eigentums kann, das gebe ich zu, im modernen Wirtschaftskrieg oder im modernen totalen Krieg nicht mehr aufrecht erhalten werden, wie es die von Dir erwähnten Konventionen eigentlich verlangen."

„Aber wenn es schon nicht mehr den Schutz des Eigentums gibt, so müßte doch wenigstens die persönliche Freiheit gewährleiste sein," blieb Maria hartnäckig.

Maria wurde immer mutiger, hörte auch genauer hin, denn sie erkannte, daß sich in ihrem Gegenüber eine Wandlung vollzog. Da saß plötzlich nicht mehr der harte, unnachgiebige Kommißkopp, sondern ein Mensch, der auch mitten im Krieg durchaus noch zu differenzieren wußte und es auch tat. Und dies war gerade der Punkt: zu differenzieren wußten viele, aber sie taten es aus purer Verblendung oder aus existentieller Angst heraus nicht mehr. Außerdem war es bequemer, sich der jeweiligen Generalmeinung anzuschließen. Und letztlich taten sie alles im Namen des Führers, was konnte da schon ein kleiner individueller Aufschrei bewirken!

Fast wollte Maria schon um die angebotene Antischmerztablette bitten, aber sie ließ es dann doch, aus einem gewissen Stolz heraus oder auch, um ja nicht in irgendeine Abhängigkeit zu geraten.

"Das mit der persönlichen Freiheit", hub der Major wieder an, " ist ein nicht minder großes Problem. Du nennst Dich und Deine Kameradinnen Kriegsverbrecher, das ist gar nicht der richtige Ausdruck. Ihr werdet in deutsche Gaue geschickt, um dort nach einem Verteilersystem zu arbeiten."

"Das wußte ich bis jetzt noch nicht. Sollten wir also irgendwo in Deutschland gezwungen werden zu arbeiten, wahrscheinlich sogar ohne Lohn?"

"So wird es kommen, wir nähern uns einem Lager, das eine große Verteilungszentrale besitzt. Natürlich", hier flocht er noch einmal sein angeblich persönliches Machtpotential ein, "kann ich in bestimmten Fällen meinen Einfluß geltend machen, es muß für Dich ja nicht gerade ein Bauernhof sein mit sechs Kleinkindern in einer primitiven Ecke des Reiches." Er bemühte sich, sein Angebot vertrauenserweckend Maria zu vermitteln.

"Mein Schicksal interessiert mich schon", antwortete Maria ruhig, "aber ich möchte von Ihnen noch einmal als Jurist gern wissen, was es mit der Zwangsarbeit auf sich hat. Ich kann mir nicht vorstellen, daß es Gesetze gibt, jemanden zwangsarbeiten zu lassen, wenn er zum Beispiel sich nichts hat zuschulden kommen lassen."

"Schmerzt der Zahn noch?"

"Ja, und wie!" schrie Maria schrill.

"Ich lenke ab, nicht wahr? Also, Zwangsarbeit ist üblich geworden seit dem 1. Weltkrieg. Seitdem ist es sogar gesetzlich erlaubt, Menschen zur Arbeit zu zwingen. Solche Bestimmungen gibt es aber nicht nur in Deutschland, sie sind in vielen Staaten ergangen. Die Bestimmungen besagen, daß es eine gesetzliche Arbeitspflicht nicht nur für die eigenen Staatsangehörigen, sondern auch für Ausländer gibt, dieses gilt sowohl in Friedens- als auch in Kriegszeiten. In Deutschland wurde diese Arbeitspflicht im Kriegsjahr 1916 durch ein Hilfsdienstgesetz eingeführt. Allerdings, kleines Polenmädchen, galt es damals nur für Männer. Mein Glück, daß das geändert wurde." Er versuchte, Maria mit einem Lächeln seinen schlechten Scherz besser zu verkaufen.

Maria wußte nicht, warum sie eigentlich so hartnäckig nach den Einzelheiten dieser Angelegenheit bohrte, aber wie stets in ihrem Leben, wollte sie die Dinge, die an sie herangetragen wurden, gründlich durchleuchten und verstehen. Aber vielleicht fragte sie auch nur aus reiner Verzweiflung immer weiter, weil sie sich wie ein gefangenes Tier bewußt war, daß die gesamte Situation völlig unnatürlich war. Hinter den Erklärungen und der Zeitverschwendung eines deutschen Offiziers für eine Polackin lauerte etwas, das sie instinktiv erahnte. Sie blieb wachsam.

Anscheinend war für den Major der Stengel noch zu fest am Ast, die Frucht noch nicht reif genug, denn er begann wieder zu erklären: "Weißt Du, Frankreich und Schweden, ich nehme an, diese Länder sind in dieser Situation für Dich unverfänglicher als mein Land, also, diese beiden Staaten führten auch schon vor diesem Krieg eine Arbeitspflicht für Ausländer ein. Dazu gibt es in Frankreich umfassende Gesetze der

Vichy-Regierung. Ja, selbst das neutrale, wie viele meinen, besonders rechtstaatlich denkende Schweden führte vor ein paar Jahren, ich glaube 1939, für den Kriegsfall auch die Arbeitspflicht für Ausländer ein."

Er atmete nach dieser Vorlesung für neueres Kriegsrecht tief durch, um dann larmoyant fortzufahren: "Wir wollen es jetzt aber genug sein lassen mit diesen langweiligen juristischen Dingen, das Wichtigste, sage ich immer, ist doch der Mensch, ohne ihn gäbe es gar keine Gesetze und brauchte es wohl auch keine zu geben", er lachte blubbernd, als ob er den Witz des Jahres erzählt hätte.

"Der Mensch also", räsonierte Maria.

"Ja, und deshalb wollen wir unser langes Gespräch . . .",

"ich habe wenig gesprochen", wagte Maria einzuwerfen,

"unser Gespräch mit einem Cognac in schönere Bahnen lenken, denn eines, Maria, so heißt Du doch, mußt Du Dir merken", begann er die Krönung seiner pharisäerhaften Ausführungen beim Hantieren an einer Flasche besten französischen Cognacs, "wenn es im totalen Krieg erlaubt ist, die Arbeitskraft der Zivilisten durch Tötung zu beseitigen, so kann es doch wohl nicht völkerrechtswidrig sein, die Arbeitskraft dieser Menschen zu erhalten, indem man sie aus den besetzten Gebieten deportiert und sie bei uns arbeiten läßt, sie leben dann immerhin noch, siehst Du es etwa anders?"

Der Mann hatte doch nur ein Gesicht, obwohl manchmal ein zweites durchzuschimmern schien. Der letzte Satz war für Maria die Quintessenz aus allem Gesagten, und er leuchtete ihr völlig ein. Sie hätte diesen Major akzeptieren mögen in einigen Teilen, denn seine Ausführungen waren zum Teil präzise und durchaus nicht einseitig und verbohrt.

Aber schon stellte er die Gläser auf den kleinen Hocker zwischen sich und Maria. Sie verkrampfte, und der Zahn begann wie wild zu pochen, so daß sie Anstalten machte zu gehen.

"Halt, mein kleines Fräulein, warum so schüchtern, ich habe Dir quasi kostenlos eine Vorlesung über modernes Völkerrecht gegeben, und was gibst Du mir?"

Seine Logik entsprach der der Mächtigen, der Beredten, nicht der der Angeschlagenen, der Untergebenen.

Als er das Glas hob und mit seinem linken Arm um ihre Schultern fassen wollte, kippte Maria den Hocker um und riß sich mit dem Daumen und Zeigefinger in einem kurzen Gewaltakt den schmerzenden Eckzahn heraus. Ein Blutstrom ergoß sich aus dem Mund in das Cognacglas, ein Teil spritzte auf den Ärmel des linken Armes des verdutzten Majors, der sich nicht schnell genug von diesem "Teufelsluder", wie er schrie, hatte lösen können. Der Gefreite vom Dienst kam augenblicklich unaufgefordert in das Abteil, befürchtete er doch ein Unheil für seinen Zweizentnervorgesetzten. Zwei eilends herbeigerufene Soldaten nahmen Maria in die Mitte und führten sie ab. Wie eine Schwerverbrecherin wurden ihr die Arme auf den Rükken gedreht. Aus unendlicher Ferne vernahm sie, daß es ihr noch leid tun werde, so mit einem deutschen Offizier umgegangen zu sein.

Die wenigen Wochen, in denen Pierre in Husum Station machte, prägten sich in ihm als eine Zeit ein, in der er ohne jeden Kontakt lebte. Alle Versuche, die Mitgefangenen zum Sprechen zu bewegen, scheiterten wahrscheinlich daran, daß sie schon viel länger im Lager waren als er und völlig apathisch herumliefen und gedemütigt den Mund zu einem Gespräch nicht mehr öffneten. Auch die Landschaft kompensierte nicht seine Kontaktlosigkeit. Gras in allen Farbvariationen war alles, was er Tag für Tag auf den Märschen in der Marsch erblickte. War ab und zu ein Baum zu erkennen, so stand er windschief zerzaust nach Osten gebeugt, hatte wenig Laub und trug keine prallen Früchte wie in seiner Heimat.

Kontakte mit den Aufsehern waren von vornherein nicht möglich. Er versuchte es hin und wieder, wenn sein nur noch manchmal ungezügeltes Temperament ihm falsche Hoffnungen eingab.

So hatte er eines Tages, aus reinem Schabernack, das Kochgeschirroberteil seines Vorgesetzten, angefüllt mit Tee, in einer Essenspause nur wenige Zentimeter in eine kleine Mulde geschoben. Die Maus, sprich' Pierre's Tat, gebar augenblicklich einen Elefanten. Die Essenspause wurde abrupt aufgehoben, vierhundert erschöpfte, abgemagerte Männer wurden in Trab gesetzt, ein Kochgeschirroberteil zu suchen. Niemand begriff, warum diese Suchaktion im Laufschritt zu erfolgen hatte, aber im Kriegsdeutschland mußte alles hopp-hopp gehen, denn das war der Beweis für das Funktionieren, des Funktionierens von Macht und Gewalt, des Funktionierens des Siegers gegenüber dem Besiegten.

Mindestens sechzig traurige Gestalten hatten schon erschöpft die Mulde mit ihren klobigen Stiefeln traktiert, als Pierre endlich den Mut fand, das corpus delicti zu finden. Daß er für seinen angeblichen Spürsinn öffentlich gelobt wurde, stimmte ihn beim Anblick seiner Kameraden nicht gerade glücklich. Noch unglücklicher machte ihn die Tatsache, daß unbedingt ein Schuldiger gefunden werden mußte, weil sonst möglicherweise der Verdacht auf die Schlafmützigkeit eines Unteraufsehers gefallen wäre. Die Züchtigungen, die einige Verdächtige unweit des Tatorts hinter einem Knick auf das blanke Gesäß hinnehmen mußten, durchzuckten Pierre's Nerven wie selbsterhaltene Peitschenhiebe. Den wahren Sachverhalt zu klären, hatte er nicht den Mut. Wahrscheinlich hätten die Schläger seine Erklärung sowieso nicht ernst genommen und ihn nur ausgelacht.

Immer wieder fragte sich Pierre, warum sich in ihm der Gedanke so festgesetzt hatte, daß diese triste Stadt nicht das Ende seiner Leidensfahrt sei. Er erinnerte sich auch nicht mehr an Personen, die davon gesprochen hatten, daß der Transport zweihundert Kilometer nördlich von Hamburg seinen Endpunkt erreichen solle. Also hatte er sich wohl vertan, vielleicht bedeutete ja schon diese unfreundliche Stadt mit ihren schweren Kleiböden vor den Toren das Ende seiner Irrfahrt, denn die Kilometerangabe, die in seinem Hinterkopf spukte, war kein echtes Indiz für die Richtigkeit seines Zweifelns; Zeit- und Entfernungsverhältnisse sind Dinge, die ein Normalbürger wie einen inneren Kompaß täglich mit sich trägt, aber unter Hunger und Durst, Kälte und Enge, unter Stockschlägen und Angst siechen auch diese elementaren Eigenschaften dahin. Hinzu kamen die Gleichgültigkeit, das Sich-Gehen-Lassen und die Hoffnungslosigkeit, je wieder aus dem stockfinsteren Tunnel ans Licht zu kommen. Abends auf den nassen Pritschen in durchnäßter, modernder Kleidung beteten manche, andere fluchten auf denselben Gott, viele taten beides, wiederum andere hatten vollkommen resigniert, saßen völlig apathisch da, hockten wie wehrlose Versuchstiere herum, reagierten mechanisch.

"Es ist", sagte Pierre leise zu einem Dänen neben sich auf der Pritsche, "wie ein grausiges Mysterienspiel, die Menschen hier gleichen Marionetten, die nur mit Hilfsmitteln bewegt werden können, genau wie bei den Puppen sind ihre Münder starr und ausdruckslos. Schau, wie der eine Holländer die Hände seines Landsmannes in seinen Händen hält."

"Ja, sie sitzen so schon über zwei Stunden, halten sich fest und sagen kein einziges Wort."

"Du, ich habe einen Verdacht."

"Welchen denn?"

"Schau mal genau hin!"

"Ich sehe, daß dem Jüngeren Tränen über die Bakkenknochen laufen", der Däne hielt inne, als plötzlich ein grauenvoller Schrei, wie er im Inferno nicht schriller hätte klingen können, das Lager erschütterte: "Vater, Vater, tu es mir nicht an", schrie der Junge in seiner Muttersprache, "wir haben doch nichts Unrechtes getan, großer Vater im Himmel, Du bist unser Zeuge, sei endlich gerecht!"

Der Junge beugte seinen geschundenen Körper über den vornübergefallenen Rumpf seines toten Vaters. Schien es zunächst so, daß selbst die Schergen einen Hauch von Mitleid empfanden, so war es doch nur eine Schrecksekunde, die sie davon abhielt, gleich loszuschlagen. Und der Junge empfing das, was Unmenschen am freigiebigsten verteilen, nämlich Gewalt, denn es ging nicht an, daß irgendein Insasse plötzlich in den wohlverdienten Ruhestunden der Aufseher sich so gebärdete, das kam schon einem Aufstand gleich.

Am nächsten Abend war die Pritsche der Holländer von zwei Polen belegt.

Wie ein tollendes Fohlen hopste das einzige vorlaute Mädchen des Dorfes, die kleine Tochter des Hubertus Maria Raabe, der als Rheinländer im Krieg an einer schönen Bauerntochter im wahrsten Sinne des Wortes hängengeblieben war, durch den ganzen Ort. Brigitte, so hieß das muntere Ding, hopste von Andresens bis zu Volquartsens, denn eine Familie, die mit dem Nachnamen "W" anfing, gab es hier nicht, anders gesagt, sie lief von der deutschen bis zur dänischen Schule, denn die lagen wohlweislich hier oben an der nur vier Kilometer entfernten Reichsgrenze so weit wie möglich auseinander. Sie hatte, so glaubte sie jedenfalls, etwas Sensationelles mitzuteilen. Und an der Reaktion ihrer von ihr stets genervten Mitbewohner bemerkte sie, daß ihr diesmal wirklich zugehört wurde. Was sie zu sagen hatte, sprengte die alltäglichen Neuigkeiten von Schweinepreisen, Ernteerträgen oder Frontberichten: Fremdarbeiter sollten in das kleine Geestdorf kommen, und zwar morgen schon der erste, nämlich ein Franzose. Woher ausgerechnet sie das wußte? Verriet das kesse Persönchen nicht, dürfe sie auch nicht weitersagen, sagte sie, hätte der Ortsgruppenleiter, der heute morgen bei Mutti zu Besuch sei, ihr ausdrücklich verboten, und daran müsse sie sich schließlich halten.

"Aha, nun geht es also los mit diesem Fremdpack, da setzen wir uns ganz schön Läuse in den Pelz," sagten die einen.

Andere aber waren froh, jetzt endlich wieder Hoffnung schöpfen zu dürfen, daß ihre Felder wieder richtig bestellt würden nach Jahren des teilweise Brachliegens. Seitdem die Männer und großen Söhne an den Fronten kämpften, wurde auf den Äckern nur das Notwendigste angepflanzt. Die richtige Fruchtfolge, das Düngen – alles geriet aus dem Kurs. Diese elementaren, täglichen Dinge wurden hier oben an der dänischen Grenze als wichtiger erachtet als Siegesmeldungen im Rundfunk. Es war hier oben auch leichter, eine differenzierte Meinung sich anzueignen, dies geschah durch die Dänen über die fast offene Grenze. Viele Verwandtschaftsbeziehungen bestanden nach Dänemark, und die Skepsis dieser Menschen blieb nicht ohne Wirkung auf die Grenzlandbewohner. Was bedeutete für sie schon ein Großdeutsches Reich, das an russischen, französischen, baltischen und was sonst noch für Grenzen schwer erkämpft werden mußte! Es leuchtete ihnen nicht ein, daß man Land für das Volk erobern müsse und das eigene durch die Abwesenheit der Männer einfach verwildern ließ.

"Bleib im Land und nähr` dich redlich, sonst geht`s uns schädlich," war nicht erst im letzten Kriegsjahr eine gängige Floskel hier oben.

Für den größeren Teil der Einwohner herrschte durchaus eine hoffnungsvolle Erwartungshaltung, mit allem Vorbehalt, versteht sich. Der Vorbehalt wurde bestärkt, als vor allem Polen angekündigt wurden.

Durch die Wochenschauen in Hündings Gasthof glaubte man zu wissen, daß nun primitive Untermenschen ins Dorf kämen. Aber das müsse man wohl in Kauf nehmen, außerdem kämen ja nicht ganze Rudel von diesen Leuten, und aus denen, die hier arbeiten mußten, würde man schon halbwegs vernünftige Menschen machen. Manche meinten allerdings auch, daß sie die Ansprüche in diese Zeiten zurückstecken müßten. Daß nun aber als allererster ausgerechnet ein Franzose kommen sollte, wollte den meisten nicht in den Kopf, und so suchten sie den Ortsgruppenleiter, der sich tatsächlich noch bei Rotzbrigittes Mutter beköstigen ließ, auf. Sie überfielen ihn geradezu mit Fragen und Vorwürfen.

"Wenn schon Fremdarbeiter, dann aber welche mit Stahl im Arm und nicht spittelige Franzosen, die vielleicht nicht einmal eine Mistkarre aus dem Stall schieben, geschweige denn, einen Bullen regieren können."

"Beruhigt Euch, Leute, der Kreisbauernführer in Niebüll hat mir versichert, daß der Franzose ein Fachmann in der Tierhaltung und Fütterung sein soll, ausserdem kommt lediglich ein Franzmann. Warum sollte ich ihn nicht nehmen, wo doch Stine Feddersen hauptsächlich Weidewirtschaft betreibt, seitdem Ihr Mann und nun auch Peter, ihr Ältester, eingezogen sind."

"Na, ja, das kann dann wohl angehen."

Da der Ortsgruppenleiter seine Landsleute kannte, beruhigte er die Aufgebrachten mit dem Hinweis, daß die anderen zu Erwartenden sicher Kerle seien, die Muskeln hätten und sicher richtig zupacken könnten.

"Und wie steht es mit einem Mädchen für meine Blagen?" fragte Anna Simonsen, verlegen die groben Hände in der schmuddeligen, geblümten Schürze zum zwölften Male abwischend.

"Geht auch klar, Anna, Ihr habt es doch als erste nötig. Ich habe schon die Zusage vom Kreisbauernführer. Beim nächsten Transport aus Mecklenburg bekommt Ihr ganz bestimmt eure Schura."

'Schura', damit hatte die zu erwartende Hilfe, welchen wirklichen Namen sie auch immer haben mochte, ihr Stigma aufgedrückt bekommen.

Die Neuigkeiten wurden lawinenartig von Haus zu Haus getragen.

Der kleine Sklavenmarkt in der gemütlichen, reetgedeckten Kate zwischen Dorfgasthaus und Kütte Jensens Kolonialwarengeschäft schien beendet, als plötzlich Marianne Schmidt, die Schwägerin der Hausherrin Raabe, aufgeregt in der Tür erschien. Damit hatte Frau Raabe nicht gerechnet, hatten sie sich doch seit fast einem Jahr wegen angeblich übler Nachrede sowohl von der einen wie von der anderen Seite nichts zu sagen gehabt. Aber die Schmidt war wohl unter dem Motto, daß in der Not der Teufel Fliegen fresse, diesen für sie außerordentlich beschwerlichen Weg angetreten.

"Ihr wißt ja", hob sie an, "daß mein Jeppe nun auch – trotz der nur zweijährigen Zwillinge – in diesen verdammten Krieg eingezogen wurde."

"Na, na, ja, ja," murmelten die verlegenen Anwesenden, ganz, wie sie zum letzten Teil dieser Aussage stehen mußten oder wollten.

"Und", so fuhr sie fort, "unser Sohn Karl-Peter ist auch noch nicht so weit, daß er mir eine Stütze ist, deshalb benötige ich nun auch Hilfe. Ihr wißt, daß wir auch noch Wiesen jenseits der Grenze in Dänemark besitzen und die Heuernte dort besonders arbeitsaufwendig ist."

"Ja, Marianne", bemühte sich der Ortsgruppenleiter, die Frau zu beruhigen, "wir haben schwierige Zeiten, aber ich habe schon an Dich gedacht, allerdings glaubte ich immer, daß Heini Böttcher Dir in letzter Zeit ständig zur Hand geht."

Dieser Hinweis hätte nicht kommen dürfen. Mit einem Seitenblick auf die schadenfroh dreinschauende Schwägerin, für die gerade der angesprochene Heini Böttcher der Anlaß für das Getuschel gewesen war, schrie Marianne den verwirrten, um ehrliche Hilfe suchenden Staatsvertreter an: "Kehrt Euch um Euren Dreck, wenn ich einmal Hilfe erwarte, werden gleich

Anspielungen gemacht. Es ist eine Unverschämtheit, mir Vorhaltungen über mein Privatleben zu machen."

Es war nicht möglich, den neapolitanischen Redefluß zu unterbrechen, so hysterisch reagierte die gar nicht angegriffene Frau.

Wie es häufig so geht, daß nämlich derjenige, der den Ärger hat, für den Spott nicht zu sorgen braucht, brach ihr auch noch bei ihrer vehementen Fahrt vom Ort des unerfreulichen Geschehens die Gabel ihres klapprigen Fahrrades, so daß sie die Gewalt über das Gefährt verlor und seitlich in die Dornenhecke fuhr. Vor Schmerz und Wut nahm sie nicht mehr wahr, was der Ortsgruppenleiter ihr nachrief: "Frau Schmidt, Sie bekommen bald Hilfe."

Er war angekommen. Man hatte Pierre ohne jede Vorankündigung mit sechs anderen Ausländern sozusagen ausgemustert und mit einem begleitenden Kapo auf den Husumer Bahnhof geführt. Von dort waren sie nur eineinhalb Stunden nach Norden gefahren. Jetzt warteten sie auf jemanden, der sie von dem kleinen Dorfbahnhof abholen sollte für einen neuen Arbeitseinsatz.

Drei von den Mitgefangenen waren schon mit Pferdefuhrwerken unterwegs in die umliegenden Orte, als Stine Feddersen mit einem dicken Schleswiger vor dem Jumper um die Dorflinde in die Bahnhofstraße einbog. Sie sah die regungslos gegen einen Baum sitzenden Männer und schlug, nicht auf die Zügel achtend, was bei dem temperamentlosen Gaul auch nicht nötig war, entsetzt die Hände vors Gesicht.

"Schau Dir das an", wandte sie sich der mitfahrenden sechzehnjährigen Tochter Annegret zu, "von denen soll uns einer eine Hilfe werden, ich glaube, wir werden wohl erst einmal Erste Hilfe zu leisten haben. Das hätte ich wissen sollen!"

Eine unüberhörbare Enttäuschung und Wut klang in ihrer Feststellung mit. Am liebsten hätte sie den Zügel herumgerissen und wäre augenblicklich nach Hause gefahren. Aber Annegret, aus echtem Mitleid oder dem abenteuerlichen Ereignis heraus, besänftigte die Mutter, indem sie darauf hinwies, daß die vermeintliche lange Bahnfahrt aus dem fernen Frankreich sicher sehr anstrengend gewesen sei. Was wußten die beiden schon von den Torturen, denen Pierre wochenlang ganz in der Nähe ausgesetzt gewesen war!

So hoben sie schließlich mit Hilfe des wachhabenden Soldaten das kleine Bündel Mensch hoch und setzten es in den bequemen Jumper. Nicht der Situation, aber der Zeit entsprach der Schlußsatz des Wachhabenden, daß sie diesen Halunken auf ihrem Hof kräftig arbeiten lassen sollte. Stine Feddersen antwortete nicht, unterschrieb die Bescheinigung über den Erhalt eines Fremdarbeiters und lockerte die Zügel.

Pierre schlief ein bei der ruhigen Fahrt in der gummibereiften Kutsche. Die beiden Frauen schauten verstohlen unentwegt auf der sechs Kilometer langen Wegstrecke auf das, wie Frau Feddersen es nannte, was sie sich da bloß eingehandelt hätten. Und wenn jemand vorbeikam, schien es, daß sie sich vor Scham vor den Schlafenden rückte. Aber nun war nichts mehr zu ändern, und da Frauen praktisch denken, ließen sie ihn einfach schlafen, legten noch eine Pferdedecke auf seinen Leib und beschlossen, ihn in den nächsten Tagen erst einmal aufzupäppeln, das war man sich doch schuldig, und vielleicht würde dann noch etwas aus ihm, wie oft war schon aus einem schwachen Kalb ein stattlicher Bulle geworden!

Wenn er nicht so heruntergekommen dagesessen wäre, hätte sein Äußeres den Erwartungen der beiden schon entsprochen. Schlank war er und schwarzhaarig; sie wunderten sich aber, daß die Haare so kurz geschnitten waren. Frau Feddersen ertappte sich bei dem Gedanken, in ihm ein bemitleidenswertes, zartes Kerlchen zu sehen. Ein Glück, daß ihr Land nur zum allerkleinsten Teil unter dem Pflug lag. Für Kühe, Schweine und das Federvieh würde seine Kraft wohl reichen.

"Ich finde, er hat ein niedliches Gesicht," fing Annegret plötzlich ein Gespräch an.

Wenn zwei etwas Gleiches denken, so hat es noch lange nicht die gleiche Berechtigung. Frau Feddersen, längst in die Realität zurückgekehrt, fuhr Annegret an: "Schau lieber auf seine Hände, ob die etwas beschaffen können."

Ihre Stimme klang so hart, daß sie weitere Gefühlsäußerungen ihrer Tochter damit abwürgte.

"Das kann ja noch heiter werden", dachte sich Stine, "zunächst nicht einmal Hilfe zu erwarten, und die Tochter findet sein Gesicht auch noch niedlich."

Sie würde ihre Augen offenhalten, und dem Ortsgruppenleiter werde sie ordentlich die Leviten lesen, das verstehe sich von selbst.

Pierre wachte erst auf, als er kurz vor dem Dorf unsanft durch das Krachen eines Reifens in einem ausgefahrenen Schlagloch geweckt wurde. Er blinzelte in die matte Frühlingssonne, streifte seine Umhüllung ab und sagte ganz einfach: "Guten Tag."

Frau Feddersen mußte lachen. Das hatte sie nicht erwartet, Deutsch sprach er immerhin, Sprachschwierigkeiten würde es deshalb nicht geben.

"Ich heiße Lutterbeck, Pierre Lutterbeck."

Na, also, einen deutsch klingenden Nachnamen trug er auch noch, mehr konnte man zu diesem Zeitpunkt wirklich nicht erwarten!

"Ist Mademoiselle Tochter von Dame?"

"Mein Gott, charmant ist er auch," stellte Frau Feddersen fest.

Annegret wurde verlegen, die Mutter knallte dem dicken Pferd einen Schlag mit der Peitsche. Es geschah aus Verlegenheit. Wie sehr wünschte sie sich, nur nichts aus Hektik falsch zu machen, es würde schon so laufen, wie es sollte.

Pierre erblickte die Kirche, die strahlend weiß auf einer Anhöhe in der Mitte des Dorfes die Herannahenden erhaben begrüßte. Es war zwar nicht seine St. Philibert Kirche in Tournus, aber alle Kirchen der Welt haben eine beruhigende Ausstrahlung, sie strahlen Ewigkeit und Gelassenheit, Vergangenheit und Zukunft wie keine anderen Gebäude aus.

Es wurde an diesem aufregenden Tag nicht mehr viel gesprochen. Die Bäuerin stellte einen Topf frischer Milch auf das Herdfeuer, während Annegret große Stücke vom selbstgebackenen Schwarzbrot säuberlich in den Brotkorb legte. Beim Füttern und Melken hatte Pierre noch nicht zu helfen brauchen, er wäre wohl sowieso nur dabei eingeschlafen.

"Wolln mal Mensch sein, aber morgen geht es los, schließlich mußt Du Dein Brot verdienen," erklärte Frau Feddersen am Tisch, als Pierre auf der Bank, auf der sonst immer der älteste Sohn der Familie seinen Stammplatz hatte, Platz nahm.

Er aß nicht viel. Sein Magen, dem reichliches, normales Essen so lange fremd gewesen war, schien sich in den letzten Monaten zu einem Spatzenmagen zurückentwickelt zu haben. Seine weiblichen Tischnachbarn verstanden ihn nicht, sie schoben diesen Umstand ein weiteres Mal der langen Reise und der damit verbundenen Müdigkeit zu.

Frau Feddersen sah schwarz, als sie feststellte: "Wer so wenig ißt, kann auch nicht hart arbeiten."

Nach dem Abendessen führte Annegret den Fremden in die Knechtenkammer, schlug die Federn von unten nach oben, schlug auch das Kissen auf und blieb etwas länger in der Tür stehen, ehe sie ihm eine gute Nacht wünschte.

Die Meldungen im Sammellager, in dem sich Henryk jetzt befand, überschlugen sich. Einmal hieß es, daß sie in eine Zementfabrik geschickt würden, dann wieder lautete die Parole, sie kämen an der Ostsee in eine große Munitionsfabrik, in der sie Waffen gießen sollten, aber auch Werftarbeiten in Hamburg waren im Gespräch. Henryk ließ sich nicht mehr so schnell aus der Fassung bringen, bis zu diesem Tag war sowieso alles anders gelaufen, als er es sich vorgestellt hatte. Was war aus seinem Berlintraum geworden? Diese Stadt kam nicht einmal mehr in seinen Gedanken vor. Das Traumressort hatte keine Konjunktur. Ihn ärgerte eigentlich nur der sture Trott in diesem Lager, lieber hätte er Bäume gefällt oder Dünger gestreut, als hier stupide zu warten, warten, warten.

Er war nicht mehr so apathisch wie in den ersten Tagen während der Bahnfahrt, er saß nicht nur teilnahmslos in einer Ecke, sondern suchte, so gut es eben ging, mit seinen begrenzten Mitteln, durchaus Kontakt. Zu einem jungen Deutschen, einem Sozialdemokraten aus Kiel, faßte er schon nach den ersten Tagen Zutrauen, und so kam es, daß sich sein Deutsch in diesen Wochen aus der bescheidenen Nomen- und Infinitivsprache in eine bemerkenswerte Konversationssprache entwickelte.

Aber wie immer, wenn Henryk zu einer Person Vertrauen gewonnen hatte, so wurden diese Bande schnell wieder zerrissen. Der Tag, an dem sich folgende Szenen abspielten, erinnerten ihn fatal an seine ersten Gefangenentage.

Ein Lastwagen kam ins Lager gedonnert. Eine gemischte Kommission aus Soldaten und Zivilisten begann hastig, aus der angetretenen Gefangenenschar kräftige Männer auszusuchen. Leider war keine Frau Bernotat dabei, aber dennoch hoffte Henryk, ausgesucht zu werden, denn wie ein Lauffeuer ging das Gerücht durch die Reihen, daß die Ausgewählten auf landwirtschaftliche Betriebe in Dörfer Norddeutschlands gebracht würden. Sein deutscher Freund stieß ihn an: "Stell Dich richtig in Positur, das ist doch etwas für Dich."

"Und Du?"

"Hab keine Ahnung. Kann keinen Nagel in ein Bund Stroh schlagen. Denk nicht an mich!"

Beängstigend viele waren schon auf das holzkohleangetriebene Lastauto getrieben. Henryks Hoffnungen sanken schon auf den Nullpunkt, als das Gremium doch noch in seine Reihe marschierte.

"Wie wärs mit dem da?" deutete ein Zivilist mit seinem Krückstock auf Henryk.

"Wir haben eigentlich schon genug Arbeiter, aber", er wandte sich jetzt an den unruhig von einem Fuß auf den anderen tretenden Polen, "zeig mal, was Du drauf hast, Bursche."

Er bedeutete ihm, vierzig Liegestütze vor ihnen zu machen. Rein physisch war diese Tortur bei der Ernährungslage, bei den täglichen Schikanen und Appellen bei Wind und Unwetter schier unmöglich. Aber die Hamstermonate in der Jagdhütte und die Verheissung, hier endlich herauszukommen und wieder, was noch gar nicht sicher war, freiere Landluft zu atmen, machten Henryk zum David, der den Moloch Goliath schließlich bezwang.

"Sehen Sie", wandte sich der Schikaneauftraggeber an den mit dem Krückstock, "wir behandeln diese Untermenschen gut, so gut, daß die sogar noch überschüssige Kraft besitzen."

"Den nehmen wir auch noch, ich kenne eine Frau, die einen solch kräftigen Burschen bitter nötig hat," entschied im Weggehen der Zivilist.

Der Kieler stieß Henryk an, freute sich mit ihm. Henryk sagte nicht auf Wiedersehen, das hätte in dieser Situation wie Hohn geklungen. Er drehte sich vor dem Verfrachten auf das Lastauto noch einmal um und nickte dem Bleibenden dankbar zu.

Auf dem lauten LKW kam nur verhaltene Freude auf. Niemand wußte genau, wohin diese Fahrt ihrer Odyssee gehen würde. Einer unter ihnen wußte, daß es in Schleswig-Holstein viele Barackenlager gab, die als Arbeitslager eingerichtet waren. Aber Henryk wollte sich aus seinem Hochgefühl nicht lösen, seine Gedanken kreisten optimistisch um eine Arbeitsstelle auf einem Bauernhof. Wenn er aber glaubte, am selben Abend noch seine neue Arbeitsstätte zu erreichen, so sah er sich wieder einmal getäuscht.

Ein Kaleidoskop europäischer Staatsbürger gab sich auf dem keuchenden Lastwagen ein erzwungenes Stelldichein. Auch zwei Landsleute Henryks sassen mit auf der Plattform. Zu ihnen fühlte er sich aber nicht besonders hingezogen, er wußte nicht, warum, aber irgendwie glaubte er, daß gerade sie in dieser Zeit einen ausgeprägten Egoismus hatten, vor dem ihm schon sein treuer Freund im ersten Lager gewarnt hatte. Er drehte bei dem Gedanken an ihn die Pfeife in seiner durchlöcherten Hosentasche. Sie hatte schon so lange nicht mehr gebrannt, aber das, hoffte er, würde sich bald ändern.

Aber erst einmal wurde er wieder an diesem Abend mit den bekannten Phonstärken vom Lastwagen in ein anderes Barackenlager getrieben. Die Aufseher liessen ihren Unmut an den unerwarteten, späten Eindringlingen, wie sie sie nannten, mit den üblichen Zack-Zack-Kommandos, einer besonders dünnen Suppe und kalten, muffigen Unterkünften, sowie jeder Menge Schläge aus.

Henryk registrierte diese rohe Behandlungsweise durchaus noch, es gab andere, die sich diesen Methoden wie scheue Tiere unterordneten. Sie ließen die Schläge über sich ergehen, ohne einen Laut oder gar Protest von sich zu geben, sie blickten nicht einmal auf. Wer aber schon so weit erniedrigt war, daß er seine Persönlichkeit total aufgegeben hatte, mußte in diesen Lägern mit dem Schlimmsten rechnen. Hohe Berge mit Leichen zwischen den Baracken waren keine Seltenheit.

Mit dem Verlust der Persönlichkeit ging die Verrohung einher. Es gab Gefangene, die im Schicksalsgenossen den größten Feind sahen, größer manchmal als im Befehlshaber, denn dieser Nachbar war für ihn nur noch ein Rivale, ein Rivale beim Essenfassen, ein Rivale um einen Pritschenplatz, ein Rivale in der Gunst beim Vorgesetzten, ein Rivale um ein Kleidungsstück.

Henryk war noch jung, kräftig, nervlich noch nicht kaputt. Er durchschaute vielleicht nicht die unwürdigen Denk- und Handelnskategorien, aber er übersah in all den kleinen Alltagskriegen, die er bisher erlebt hatte, nicht die wahren Schikanierer, die Auslöser für so viel Elend, Not und Haß. War er auch naiv, ja, tumb in mancher Beziehung: er hatte schon erkannt, wer in dieser Zeit das Gralslicht gelöscht hatte. Und trotzdem verlor er seinen Optimismus nicht, alle Leidenswege sah er als Zwischenstation für bessere Zeiten an.

Maria war nicht zu ihrer Gruppe zurückgekehrt. Mit einer Eskorte schwerbewaffneter Aufpasser wurde sie in ein Lager in Schleswig-Holstein gebracht. Der abgewiesene Juristoffizier hatte schriftliche Auflagen mitgegeben, um es "dieser gefährlichen Hure", wie er dem Fahrer sagte, richtig zu zeigen, wo es langgehe. "Und machen Sie sofort von der Schußwaffe Gebrauch, falls sie versuchen sollte zu fliehen."

Der Fahrer hörte den letzten Befehl im aufheulenden Motorenlärm nicht mehr.

Maria saß verstört und apathisch auf dem zugigen Rücksitz. Ihre Gedanken kreisten nicht mehr um die erlebte Situation, sondern um ihr eigenes Ich, das noch immer nicht bereit war nachzugeben, sich erniedrigen zu lassen, aufzugeben, selbst wenn ihm dadurch manche Annehmlichkeiten, mancher Vorteil hätte zuteil werden können. Sie verstand sich oft selbst nicht. Warum war sie dem Offizier nicht entgegengekommen? Wie schlimm hätte es denn werden können, schlimmer, als es jetzt kommen würde? Gehörten solche Versuche nicht zum fast täglichen Ritual der Sieger am Unterlegenen? Sie zog ihr Kopftuch über das müde Gesicht; Tränen flossen lautlos über die heißen Wangen auf ihren Schoß. Aber plötzlich riß sie mit einer großartig ausladenden Handbewegung das Tuch aus dem Gesicht und fragte den erstaunten Wachhabenden, der es die ganze Fahrt über nicht versäumt hatte, wegen der gefährlichen Fracht den Finger vom

Abzugshahn seiner Waffe zu nehmen: "Wohin transportieren Sie mich eigentlich?"

"Halt die Schnauze!"

"Ich habe nichts verbrochen!"

"Es wird immer schöner! Paß auf, gleich lassen wir Dich laufen, und dann heißt es im Bericht: auf der Flucht erschossen."

"Ich verstehe."

"Ist wohl das Tollste, was ich gehört habe, einen deutschen Offizier anmachen wollen!"

Das Tuch erhielt wieder die Funktion des Verdekkens, der Verschleierung ohnmächtiger Wut. Aber der Tränenfluß stoppte jäh. Wie immer in solchen Situationen erstarkte Maria innerlich.

Das Frauenlager bei Neumünster war gerade eingerichtet worden, als Maria im Frühjahr 1943 dort eintraf. Die nordischen Frühjahrsstürme mit einem Gemisch aus Kälte, Hagel, Regen, Schnee und Sonnenstrahlversuchen tobten sich am Himmel aus wie die Lämmer an den Deichen der Nordsee. Es war kalt. Die Insassen froren, obwohl sie dicke Jacken bekommen hatten, die von einer Lederfabrik in der Stadt, in der viele von ihnen arbeiteten, gestiftet worden waren.

Es beeindruckte die anwesenden Frauen, wie Maria, eskortiert von zwei schwerbewaffneten Soldaten, über den Hof in die Verwaltungsbaracke geführt wurde.

Es gibt Menschen, die, ob sie es wollen oder nicht, in sich einen Führungsanspruch tragen. Maria war dieser Typ. Als am nächsten Tag sich herausstellte, daß sie vorzüglich Deutsch sprach, und es sich herumsprach, daß sie es einem deutschen Offizier gezeigt habe, hatte sie schnell die gleiche Führungsrolle inne wie auf dem Bahntransport. Aber Maria weigerte sich, auch hier diese Rolle weiter zu spielen, sie spürte nur zu gut die Wirkungen, die diese fatalen Ausnahmestellungen mit sich brachten. Bis jetzt endeten sie in dieser brutalen Zeit immer damit, daß egoistische, geile Männer ihre Machtposition ausnutzten und sie in immer tiefere Abgründe stürzten, weil sie sich den historischen Gegebenheiten nicht fügen wollte. Hätte sie das erstemal nachgegeben, wäre sie wahrscheinlich noch in Danzig, hätte sie das zweitemal nachgegeben, wäre ihr möglicherweise dieses Lager erspart geblieben. Sie mußte weiter leiden. Leiden in einem Lager, in dem Hunderte von Frauen stundenlang vor den wenigen Latrinen warten mußten. Flecktyphus raffte so viele hinweg, daß in Neumünster der sogenannte Russenfriedhof entstand. Wertvolle Arbeitskräfte für die heimische Lederindustrie und Landwirtschaft wurden so dezimiert. Meuterte eine der Arbeiterinnen – man legte hier Wert auf die Bezeichnung Arbeiterin, wollte so die Freiwilligkeit ihres Arbeitseinsatzes hervorheben – wurden sie zunächst mit Extraarbeiten bestraft. Hatten diese Maßnahmen nicht den erwarteten Effekt, wurden die Frauen zu mehreren Tagen Haft im Polizeigefängnis verurteilt. Half auch das nicht, Renitente zum Schweigen zu bringen, so wurde nicht nur gedroht, sie ins Konzentrationslager Ravensbrück zu bringen.

Die schnell verwesenden Küchenabfälle wurden nur unregelmäßig wegtransportiert. Das lag zum Teil daran, daß alle Kräfte in den Betrieben in der Umgebung gebraucht wurden, aber auch daran, daß die Bauern die Abfälle aus dem Ratten- und Läuselager, wie sie es nannten, nicht einmal für gut genug erachteten, ihren Schweinen und Rindern vorzuwerfen.

Nachdem immer mehr Flecktyphusfälle im Lager registriert wurden und fast jeden Tag die hektischen, deprimierenden Entlausungsaktionen stattfanden, machte sich Maria zur Sprecherin der Sprachlosen, als sie in ihrer bestimmten Art um einen Arzt bat, den es in diesem Lager offiziell nicht gab. Ihr wurde knapp mitgeteilt, daß sich unter den Arbeiterinnen eine Krankenschwester befände, das müsse reichen. Ein Krankenzimmer, so wurde ihr auch gleich mitgeteilt, sei bei der guten Kost und dem Gesundheitszustand der jungen Frauen auch nicht nötig. Maria blieb wieder nichts anderes übrig, als selber die Initiative zu ergreifen. Von den vergangenen Wochen selbst gezeichnet, stieg sie dennoch abends nach harter Tagesarbeit wie ein bleicher Engel durch die kahlen Schlafsäle. Hier verband sie kleine Wunden, dort spendete sie Trost.

Ihre Menschlichkeit gegenüber Leidensgenossen war noch immer ungebrochen. Daß sie nicht resignierte, verdankte sie ihrer Überzeugung, daß eines Tages alles anders werde. Und bis dahin, dem Tag der neuen Sonne, wollte sie sich nicht unterkriegen lassen. Die glücklichen Mienen der Frauen, ihr kurzes dankbares Lächeln auf den verhärteten Gesichtern gaben Maria die Kraft, weiter zu machen und wiesen ihr täglich ihren anstrengenden Weg.

Aber eines Abends in einer lauen Aprilnacht kam wieder alles anders, als sie es sich in diesem Lager ausgedacht hatte.

Durch einen für diese Jahreszeit ungewöhnlichen Wärmezufluß wurde es in den Baracken noch stickiger, als es sonst schon war. Auf Marias Veranlassung verließen die Frauen deshalb die unbehagliche Unterkunft, setzten sich im Kreis auf den dürftigen Rasen vor der Baracke und begannen, heimatliche Lieder zu singen. Zwischendurch versuchten sie, so gut wie irgend möglich ins Gespräch zu kommen. Dem Lagerleiter erschien diese Versammlung wie ein Komplott. Er mobilisierte die Wachen, die mit ihren Hunden herbeistürmten. Ein Chaos entstand. Die Schuldige wurde gesucht. Es meldete sich niemand. Aber um strafen zu können, muß es einen Schuldigen geben. Schon drosch ein Aufseher auf eine kleine Russin ein. Maria sah es, eilte auf die beiden zu, riß die bedrohte Frau aus den Fängen des Peinigers und stellte sich schützend vor sie. Eingeschüchtert traten die anderen Frauen hinter sie.

"Ich frage noch einmal," klang es bedrohlich in die unruhige Nacht hinein, "wer hat dieses Treffen veranlaßt?"

"Ich", sagte Maria kurz.

Und der hinter ihr stehende Chor fiel ein: "Wir, wir alle, wir alle!"

Sie machten ein paar Schritte nach vorn. Wie in einer Schlachtordnung bewegten sie sich, und das drohende "wir alle" eskalierte, schien zu einer Bedrohung für das Wachpersonal zu werden. Ruhe kehrte erst ein, als Maria die Hand hob. Die beschwichtigende Geste bewirkte ein Abebben der aufgestauten Wut. Maria lächelte stolz über die Solidarität der Machtlosen.

Eine Gemeinschaft von Unterdrückten durfte aber nicht geduldet werden. Wer schuldig war, zeigte sich ganz offenbar. Wieder das verdammte Polenmädchen! Man war sich im Lager einig. Jetzt mußte etwas Entscheidendes mit ihr geschehen.

"Die nach Ravenbrück?" hieß es, "die ist imstande, sogar dort noch Terror zu machen, bevor sie ins Gras beißt. Mit der müssen wir uns etwas anderes ausdenken."

"Ja, wohin mit ihr?"

Die Beratungen dauerten ungewöhnlich lange, bevor eine Lösung gefunden wurde: "Ich sag euch, die schicken wir ganz weit weg aufs Land. Ein entlegener Bauernhof, das wäre das Richtige, so mit zwanzig Kühen, Schweinen und möglichst vielen Blagen."

"Die muß von morgens bis abends schuften, damit ihr die Flausen endgültig aus dem Kopf getrieben werden!"

In einem plumpen Kesselwagen, wieder von einer bis zum Munde bewaffneten Sodateska begleitet, erreichte Maria im selben Frühjahr das unbekannte Grenzdorf zwischen Nord- und Ostsee.

So mochte der Major sich seine Rache vorgestellt haben: Maria kam auf den ärmlichsten Kleinbauernhof des Dorfes. Federvieh, sieben Kühe, zwei magere Pferde, acht kümmerliche Schweine lebten in dreckigen Ställen. Neun schmuddelige Kinder krabbelten in den Vitaminen der Gosse. Wie aufgereiht standen die Kinder mit offenen schwarzen Mündern und bekleckerten Kleidern vor der schiefen Haustür, als das Militärauto auf dem kleinen, schmierigen Hof zwischen Stiefmütterchenrabatten anhielt und seine Fracht ausspuckte.

Hinter den Gardinen der umliegenden Katen war ein emsiges, verkniffenes Treiben im Gange: "Nun hat Anna es endlich geschafft."

"Tut aber auch nötig bei den vielen Blagen."

"Hoffentlich bringt die Polin Schwung in den verdreckten Laden."

"Tag, Schura," begrüßte Anna Simonsen die argwöhnisch nach allen Seiten schauende Maria.

Leise entgegnete die: "Guten Tag, ich heiße Maria."

"Macht nichts, wir nennen Dich Schura," sagte Anna laut, eine ihr vorgelegte Quittung über den Erhalt einer Arbeitskraft aus den Ostgebieten unterschreibend.

Der Ortsgruppenleiter war benachrichtigt worden und kam gleich auf seinem Fahrrad vorbei: "Na, Anna, Du siehst, es klappt alles in unserem Staat. Die scheint doch ganz kräftig zu sein, paß aber gut auf sie auf, die hat noch eigene Gedanken! Wenn was ist, ruf mich an."

"Wird schon alles werden", rief die geplagte Frau, ihre Kinderschar ins Haus treibend.

Es gelang Anna nicht, die neugierigen Kinder von Schura zu trennen. Daß Maria deutsch sprach, überraschte nicht. Wahrscheinlich glaubte man, daß die ganze Welt schon deutsch sei nach den Erfolgsmeldungen, die täglich, ja, fast stündlich zur Beruhigung durch die Volksempfänger dröhnten. Andererseits hätte man gerade hier an der Grenze auch zu differenzierteren Betrachtungen kommen können, hier, wo man in beinahe jedem Haushalt eher die dänische Sprache als das sonst übliche Niederdeutsch beherrschte und auch mehr anwandte als das Hochdeutsche. Mit der Sprache ging eine unverkrampftere, objektivere Haltung gegenüber den Zeitproblemen einher.

Maria begann sofort, Schürzen und Hosen zu reinigen, Stühle, Geschirr und Spielzeug zurechtzurücken. Alle starrten sie an, die Kleinsten begannen schnell, munter drauf los zu plappern. Mit den zwei ältesten Töchtern mußte sie eine schmucklose Kammer teilen. Ihr machte es auch nichts aus, wie alle in diesem armen Haus, ihre Notdurft in den Dungkrippen der Kühe zu verrichten. Das war nicht schlimmer als im großen Lager mit seinen zwei stets verschmutzten Toiletten. Sie mußte sogar manchmal schmunzeln, wenn sie sich, aufgereiht mit mehreren Kindern in Hockstellung im warmen Kuhstall, sich ihres Bedürfnisses entledigte. Ihre Phantasie schlug Kapriolen beim Anblick des vom Urin rot angelaufenen Zeitungspapiers auf den vielen braunen Häufchen.

Die Würde des Menschen wird immer im Kopf nur verletzt.

Mit Pierre traf Maria schon nach drei Tagen zusammen, als die beiden zur Gemeindeschwester Anna beordert wurden. Die lebte im selben Haus der Familie Raabe. Brigitte und deren Bruder Harro sahen die beiden kommen und wunderten sich, daß Anna ihnen für die nächste Stunde verbot, den Schuppen, wo sich Schweine, Stallhasen, Hühner und Meerschweinchen befanden, zu betreten. Der geheimnisvollen Sache mußte auf den Grund gegangen werden! Der Schuppen besaß glücklicherweise große Schlitze, durch die sie ein merkwürdiges Schauspiel verfolgen konnten. Mit einer Art Pistole schoß Anna ein Desinfektionsmittel unter den Rock der Maria und in den geöffneten Hosenstall des quiekenden Franzosen. In die Haare wurde eine rötliche Tinktur geträufelt. Mit der Auflage, daß die Kleidung zu Hause gekocht werden müsse, sie selber habe keinen großen Kessel, verabschiedete die Schwester die beiden begossenen Pudel. Mit dieser Reinigungsprozedur hatte sie ihren Dienst fürs Vaterland erledigt. Es war schon etwas Großes, die deutschen Höfe vor fremden Wanzen und Läusen zu schützen.

Marias neuer Name wurde schnell dadurch bestätigt, daß nicht nur die Simonsenfamilie mit ihren großen Köpfen, sondern das halbe Dorf zu ihr kam, um sich die Haare schneiden zu lassen. Die Frisuren hatten durchaus einen eigenen Stil: kurz und häßlich. Alle hielten still bei der kleinen Tortur, nur Harro gefiel das Gezupfe auf seinem Kopf nicht, er schrie laut, als sich ein Zähnchen des Haarklippers in seinem Schädel zu verankern drohte und dabei eine dünne Blutspur über der Stirn hinterließ. Nur halb frisiert lief er schreiend zu seiner Mutter, das Polenmädchen als brutale Schlächterin anklagend. Noch wochenlang dauerte sein kindlicher Trotz, ehe er sich wieder einverstanden erklärte, sich auf den Babierstuhl zu setzen. Seine Mutter hatte ihn nämlich darauf aufmerksam gemacht, daß er sonst möglicherweise seine Weihnachtsgeschenke unter der langen Mähne nicht mehr erkennen könne.

Mit Anna Simonsen verstand sich Maria. Trotz des Verbotes ließ die bedächtige Frau gleich am ersten Tag die Ostarbeiterin am großen Gemeinschaftstisch mitessen. Es war auch kaum anders möglich in ihrer beengten Kate.

Obwohl Maria im Sozialgefüge ihres bisherigen Lebens immer tiefer fiel, und sie jetzt arbeiten mußte, daß sie abends wie tot ins Bett fiel, hegte sie dennoch in diesem Hause keine Haßgefühle. Sie wußte nicht, ob Anna etwas über ihr angeblich aufrührerisches Verhalten gehört hatte, jedenfalls wurde sie hier nie darauf angesprochen. Die Illusion, Deutschland als Kulturnation kennenzulernen, wie sie es in der Warschauer Familie erlebt hatte, war längst gestorben. Sie war klug genug zu wissen, daß sie sich diesem primitiven Leben anzupassen hatte, wenn sie überleben wollte. Hier war ihre letzte Chance. Wenn sie auch noch so hart arbeiten mußte, gab sie dennoch ihrer Auftraggeberin nicht die Schuld. Maria wußte zu unterscheiden zwischen der Wehrlosigkeit der Machtlosen und den machtbesessenen Ansprüchen der Vorgesetzten, die ihr bis zu diesem Tage in diesem Land begegnet waren.

Im Zentrum der altehrwürdigen Stadt Schleswig stand ein altes rotes, klobiges Gebäude, das für ein paar Wochen der neue Aufenthaltsort für Henryk wurde. Dieses Gebäude war von mehreren Baracken umstanden. Es war ein kleines Lager. Nur etwa tausend Männer aus vielen Nationen waren hier versammelt. Die Ernährung war besser als in den bisherigen Lägern, die er kannte. Ein sogenanntes Arbeiterbrot, das aus Mengkornschrot, Zuckerrübenschnitzeln, Zellstoffmehl und gestampftem Laub bestand, war vom Reichsernährungsministerium wissenschaftlich auf die Bedürfnisse der Arbeiter zusammengestellt worden.

Obwohl Henryk auch hier wieder die Entlausungs- und Desinfektionsprozedur über sich ergehen lassen mußte, half ihm das nur eine kurze Zeit. Das Stroh in den Säcken auf den Pritschen war naß und dermassen von Ungeziefer befallen, daß schon nach einer Nacht der Körper von Flöhen, Wanzen und wohlgenährten Läusen übersät war. Da es Frühling war, wollten die Arbeiter neben dem allgemeinen Frühjahrsputz gleich konsequente Arbeit leisten. Sie verbrannten Heu und Stroh und damit ihre nächtlichen Quälgeister. Wegen dieser unglaublichen Unverschämtheit, wie der Lagerleiter es nannte, gab es darauf keine neue Unterlage, die die Härte milderte. Die Arbeiter schliefen fortan auf den nackten, harten Brettern.

Das Schloß Gottorf ist ein Kleinod in der schleswigholsteinischen Landschaft. Es war Henryk sofort aufgefallen, als sie, von Süden kommend, in ein leicht abfallendes Tal fuhren und den Stadtrand erreichten. Aber dieses Schloß wurde schon bald ein Alptraum für die Arbeiter, als sie gleich nach ihrer Ankunft dazu abkommandiert wurden, die mit Ratten übersäten Siele und Kanäle zu reinigen. Es war noch früh im Jahr, das Wasser eiskalt, aber sie wurden gezwungen, sich in das Wasser zu stellen mit ihrer unvollkommenen Fußbekleidung, um die befohlenen Arbeiten auszuführen. Die herumkommandierenden Schergen unterbanden jeden kleinsten aufkommenden Protest mit immer länger währenden Arbeitszeiten, oft sogar mit Schlägen. Henryk ertrug auch das geduldig, nicht zuletzt deshalb, weil er sein Leben lang an körperliche Arbeit gewöhnt war. Viele der Arbeitstruppen hatten noch nie einen Spaten in der Hand gehabt. Außerdem spuckte noch immer der Gedanke in Henryks Kopf, daß er bald aufs Land auf einen Bauernhof käme. Diese Gedanken wurden auch dadurch nicht gelöscht, daß jeden Tag die Gruppe dezimiert wurde. Die Lungentuberkulose erforderte täglich viele Tote.

Und diesmal trog ihn seine Hoffnung nicht. Nur wenige Tage hatte er in den Schlammgräben des Schlosses geschuftet, als der Vorarbeiter ihn eines Abends zur Seite nahm und ihn fragte, ob er die Arbeit auf einem Bauernhof kenne. Er konnte diese Frage als Bauernsohn guten Gewissens bejahen.

Mit dem Zug fuhr er in Begleitung eines beinamputierten Zivilisten, man war wohl von der Harmlosigkeit Henryks überzeugt, nach Flensburg. Dort auf dem entferntesten Bahnsteig warteten schon der informierte Ortsgruppenleiter des Grenzortes und sein Kutscher auf die erhoffte Hilfe. Mit einer zweispännigen Kutsche waren sie die dreißig Kilometer gefahren, der klapprige Dienst –DKW konnte wegen der nicht mehr zu besorgenden Ersatzteile nicht eingesetzt werden.

Der behäbige Kutscher sah den Fremden an, als ob er direkt vom Mars komme.

"Sieht ganz passabel aus, was Franzen?" röhrte der Ortsgruppenleiter den Zweifelnden an, als sie Henryk auf der hinteren Bank verfrachtet hatten.

"Na, ja, jedenfalls scheint er mehr Mumm in den Knochen zu haben als unser Franzmann", versuchte der Angesprochene peitscheknallend seinen Vorgesetzten nach dem Mund zu sprechen.

Parallel zur Grenze fuhren sie kilometerweit durch eine kahle Landschaft, die nur ab und zu von langgezogenen Bauerndörfern in ihrer Langweiligkeit unterbrochen wurde. In Unaften hielten sie an einer Gastwirtschaft an. Dem Kutscher wurde ein Bier nach draußen gebracht, die Pferde wurden getränkt, Henryk blieb ruhig sitzen. Aus der Schankstube drang der Baß des Gastwirts, den Fremden ja im Auge zu behalten, erst neulich sei einer von denen über die Felder auf und davon gerannt.

Ein Peitschenknall beendete den Aufenthalt. Die lange Gerade wurde bei Wallsbüll in einer Biegung nach rechts verlassen. Vorsichtig überquerten sie den Bahnübergang mit den zu hoch stehenden Gleisen. Sie kamen bald an einem Eichenschrupp vorbei, aus dem Waldarbeiter dem eiligen Gefährt neugierig nachschauten. Henryk räkelte sich auf seinem Sitz. Ein Wohlbehagen befiel ihn, obwohl er nicht wußte, was ihn erwartete. Die Ruhe, die vertrauenerweckende Landschaft, keine Befehle und Schreie in der Luft: dies alles hatte er schon lange nicht mehr erlebt. Er atmete tief durch, sog etwas wie Gnade in sich hinein. Die beiden vor ihm redeten nicht viel, schon gar nicht mit ihm, so daß er in seinem Glücksgefühl ruhig verharren konnte.

In Bramstedt wurde in Hansens Gasthof kurz Rast gemacht. Gasthöfe auf dem Lande sind die besten Zeitungen. Nur zu gern wollte der Ortsgruppenleiter die Menschen wissen lassen, wie sehr er sich um ihr Wohl kümmerte. Nach einem Alsterwasser rief er den Schlachter an, er möge Marianne Schmidt, die ihm gegenüber wohnte, Bescheid sagen, daß sie in gut einer halben Stunde ankämen und sie dann ihren Polen abholen könne.

"Schau Dir den Mann mal an, Christian, scheint ein guter Arbeiter zu sein."

Der Gastwirt kam mit nach draußen, betrachtete den Fremden und faßte das Objekt an gerade so, wie auf einer Pferdeauktion in Leck: "Hat er gute Zähne? Ich sag Dir, auf die Zähne kommt es an. Heinrich Iwersen hatte auch einen Ostarbeiter, der hatte dauernd Zahnschmerzen, mußte schließlich am Kiefer operiert werden, kam nie wieder zurück."

"Hej, mach Dein Maul auf!" kam sofort der Befehl.

Henryk öffnete verschämt den Mund. Eine Perlenkette hätte nicht klarer scheinen können; dieser Zweifel jedenfalls war hinfällig.

Obwohl Pierre schon seit einigen Monaten und Maria seit ein paar Wochen im Dorf lebten, bedeutete die Ankunft Henryks doch wieder etwas Besonderes. Klaus-Peter hatte nach dem Anruf beim Schlachter die Nachbarskinder zusammengetrommelt und war mit ihnen an den Ortseingang vom Osten her geeilt. Schon als das Gefährt die lange Kurve bei Königsacker passiert hatte, erkannten die Dorfkinder die Kutsche mit der fremden Fracht. Sie rannten dem Fahrzeug bis zum Lethmoor entgegen, versuchten es zu entern, was aber vom Kutscher mit sanften Peitschenhieben verhindert wurde.

Das also war der Pole! Er sah nicht so aus, wie sie sich ihn vorgestellt hatten. Er war nicht sehr dreckig, seine Kleidung war nicht zerlumpt. Ängstlich und durchgefroren sah er auch nicht aus, eigentlich eher wie ein richtiger Mensch.

Eine dichtgedrängte Menschenmenge stand vor Marianne Schmidts Hofgebäude, als das von den

Dorfkindern begleitete Gefährt sein Ziel über die aufgeweichte Dorfstraße endlich erreicht hatte. Diejenigen, die nicht herausgekommen waren, drückten sich an den Fensterscheiben die Nasen platt, um ja nichts zu versäumen. Mariannes Zwillinge krochen wild durch die Beine der wartenden Neugierigen. Nur Heini Böttcher hatte es sich anders überlegt, er hobelte in seiner Werkstatt wie an jedem Tag.

Ein lautes 'Prr' beendete die Kutschfahrt. Der Ortsgruppenleiter schnappte sich den jungen Polen und schritt durch die Gasse der Lauernden auf Marianne zu: "Hier bringe ich Dir Deine neue Arbeitskraft, unterschreib diesen Wisch!"

Sie unterschrieb eine Quittung über den Erhalt eines Menschen, gerade so, als ob sie auf der Raiffeisenbank zwanzig Zentner Kunstdünger erhalten habe.

"Noch eines, Marianne", fuhr der Staatsdiener in einer auf Bedeutung getrimmten Tonart fort, "ich muß Dir noch kurz aus dem Erlaß 'Verhalten gegenüber Kriegsgefangenen' vom Reichsinnenminister aus dem Jahre 1942 das Folgende vorlesen." Er nestelte umständlich – weil es bedeutend erscheinen sollte – aus seiner Brusttasche den bewußten Schrieb hervor.

"Also, da heißt es unter anderem: 'Kriegsgefangene gehören nicht zur Haus- oder Hofgemeinschaft, also auch nicht zur Familie' und 'Deutsche Frauen, die in Beziehungen zu Kriegsgefangenen treten, schließen sich von selbst aus der Volksgemeinschaft aus und erhalten ihre gerechte Strafe. Selbst der Schein einer Annäherung muß vermieden werden.' Ich muß Dir das offiziell sagen", versuchte der Ortsgruppenleiter das aufkommende Gemurmel und die aufziehende Röte in Mariannes Gesicht zu überspielen.

"Hast Du das auch Stine Feddersen vorgelesen? Oder habe ich diese Moralpredigt meiner lieben Schwägerin zu verdanken?" zischte Marianne ihn an, "außerdem verstehe ich eines nicht, Du sprachst von Kriegsgefangenen, ich denke, wir haben freiwillige Arbeiter bekommen."

Darauf antwortete der Pharisäer nicht. Begriffsdifferenzierungen sind eine Sache für Juristen, Totalitäre setzen Wörter zweckgebunden ein.

Maria, die sich auch unter den Neugierigen befand, kam nicht dazu, auch nur ein paar Worte mit ihrem Landsmann zu wechseln, vielleicht wollte sie es auch gar nicht, die Gelegenheit würde sich schon früh genug ergeben, was würden die Leute wohl gedacht haben, wenn sie plötzlich polnische Laute vernommen hätten!

Als die schaulustige Menge sich aufgelöst hatte, betrat Henryk verlegen das reetgedeckte Bauernhaus, das nun für zwei Jahre auch sein Zuhause werden sollte.

An einem Beitisch in der großen gefliesten Küche hatte Marianne ihm schnell heiße Milch, Brot und Sauerfleisch bereitet.

Henryk war zufrieden, als er auf dem Kornboden neben der Häckselmaschine die Knechtenkammer bezog. Auch hier hing ein Bild an der Wand. Es zeigte eine Heidelandschaft, ein breiter Weg auf ihr verlief perspektivisch in immer weitere Ferne.

Marianne freute sich, daß er etwas Deutsch sprach, was sie, trotz Maria, nicht erwartet hatte. Sie erklärte ihm, daß er noch heute nachmittag zur Gemeindeschwester Anna gehen müsse, um sich desinfizieren zu lassen. Henryk versuchte, sich dieser erneuten Prozedur zu entziehen, indem er darauf hinzuweisen versuchte, daß er in Deutschland seit seiner Ankunft bereits viermal von allen möglichen Erregern befreit worden sei. Es nützte nichts. Die Ausführung eines Befehls war wichtiger als dessen Sinn. Er bekam erste Zweifel, ob nicht doch alles beim alten bliebe.

Schwester Anna, mit der obligaten Pistole bewaffnet, schoß das Desinfektionspulver in alle möglichen Öffnungen ihres geduldigen Opfers. Und wieder beobachteten die neugierigen Raabekinder durch den erweiterten Schlitz in der Bretterwand den merkwürdigen, unwürdigen Vorgang. Harro erzählte aufgeregt seiner Mutter, welch stattlichen und kräftigen Mann Tante Marianne ihr eigen nennen konnte.

Niemand im Dorf hätte geahnt, daß sich die Menschen so schnell an die Fremden gewöhnen würden.

Zuerst waren es natürlich die Kinder, die die Scheu vor ihnen verloren. Hatten sie zunächst Spottverse hinter ihnen hergerufen, nur von Polacken geredet, so wurde ihnen dies bald langweilig, weil nur Gleichgültigkeit das Triezen begleitete und keine Gegenreaktion eintrat. Harro war der erste, der sich auf das Fuhrwerk neben Henryk setzte, um mit ihm aufs Feld zu fahren; Brigitte hielt es mehr mit dem schwarzen Pierre. Oft kam sie abends mit einem geschnitzten Tier nach Hause, das unter seiner Anleitung in der Mittagsstunde entstanden war.

Maria wurde nicht nur als Dorffriseurin bekannt, noch mehr wurde sie als Floristin geschätzt. Sofort nach ihrer Ankunft hatte sie angefangen, im verwilderten Garten hinter der Kate Geranien und Löwenmaul, Schwertlilien und Bauernrosen, Nelken und Narzissen anzubauen. Ein Blumenmeer, wie es die Bauernfrauen noch nie in ihrem Garten gesehen hatten, duftete auf der unfruchtbaren Geestlandschaft. Manche Neidische allerdings hielten diese Pracht in dieser grauen Zeit für übertrieben, die angewendete Zeit solle man lieber für nützlichere Dinge einsetzen. Wenn aber Blumen gefragt wurden – Beerdigungen, Hochzeiten und Geburtstage fallen auch in Kriegszeiten nicht aus – gingen sie zu Maria.

Nie hat das Dorf phantasievollere Blumenarrangements gesehen, nie würdigere Kränze auf die Gräber gelegt als zu Marias Zeiten.

Bei Stine Feddersen gediehen Schweine, Kälber und Kühe prächtig. Es wollte schon etwas heißen, wenn

Bauern aus der Nachbarschaft herbeieilten, um Pierre um Rat zu fragen. Daß Annegret noch andere Qualitäten an ihm zu schätzen beabsichtigte, darüber tuschelte man schon, hielt ihr offensichtliches Interesse aber mehr für bloße Backfischschwärmerei.

Auch die Fremdarbeiter gewöhnten sich schnell an das abgelegene Grenzdorf und die meisten seiner Bewohner. Sie konnten sich so frei bewegen, wie noch nie an einem anderen Ort in diesem Land. Wenn Heimweh oder gar der Gedanke an eine Flucht sie überkam, war die Einsicht stärker, daß es jetzt in ihren Heimatländern sicher trauriger zuging als hier oben weit ab von allen Fronten. Trotzdem gab es Unterschiede in der Bewertung ihrer Lage. Henryk lebte in den Tag hinein, genoß die kleinen Alltagsfreuden, erfreute sich an den segelnden Schwalben, wenn er im Gras lag, verschlang pfundweise die frischen, in Speck gebratenen Kartoffeln. Er träumte nicht von Vergangenem und war zufrieden mit seinem Los.

Auch Pierre versuchte, nicht alles mit seiner Heimat zu vergleichen und damit abzuwerten. Er ließ die Menschen und die nicht zu verändernden Tatsachen auf sich wirken. Stets war er bemüht, auch das, was ihm fremd erschien, gelten zu lassen und zu verstehen. Er benutzte jede Gelegenheit, in persönliche Berührung mit den Menschen zu kommen. Und die Leute im Dorf nahmen den lustigen Franzosen schnell an, schneller als die Polen, die ihnen jahrelang durch

Propagandamärchen als Ungeheuer dargestellt worden waren. Die Vorurteile konnten nicht so schnell ausgeräumt werden, wenn überhaupt, dann nur in der täglichen Bewährung bei der Arbeit:

"Die sollen doch erst einmal durch ihren Einsatz bei der Arbeit beweisen, daß sie zu etwas taugen", hieß es bei den meisten, wenn sie abends nach getaner Arbeit über die Fremden sprachen.

Viele hielten auch das Wohlverhalten der Polen für verdächtig:

"Da steckt bestimmt etwas hinter", tuschelte man. Maria war die einzige, die über das Alltagsgeschehen hinausdachte. Ihr waren die Erniedrigungen der vergangenen Wochen durchaus noch tief im Bewußtsein. Über deutschen Stoppelschädeln und schönen Blumensträußen vergaß sie nicht, daß man ihren Stolz mit Füßen getreten hatte. Sie blieb mißtrauisch. Ihr war schnell bewußt geworden, daß alle Komplimente ihr gegenüber nur aus dem Unvermögen, das zu tun, was sie konnte, resultierten. Daß hinter der Fassade der Freundlichkeit der pure Egoismus des Befehlenden, des Siegers stand, war ihr auch an diesem Ort der eingeschränkten Niederträchtigkeiten immer klar. Aber sie hatte selten Zeit, ihren Gedanken nachzuhängen. Schreiende Kinder, kaputte Socken, blutende Nasen, verklebte Wunden, zerrissene Bettlaken, zu lange Haare auf den Köpfen, hungriges Vieh und eigener leerer Magen sorgten dafür, daß sie fast rund um die Uhr mit konkreten Dingen beschäftigt war.

Es ergab sich aber dennoch, daß Maria ab und zu Gespräche führte, die sie vom Tageseinerlei ablenkten. Da auch beim Pastor die Haare weiter wuchsen, obwohl der Dorffriseur im Krieg war, ergab es sich, daß auch er sich in Anna Simonsens Haus begab, um sich von Maria die Haare schneiden zu lassen. Als er ihre vielseitigen Interessen erkannte, lud er sie zu einem Besuch ins Pastorat ein, nicht achtend auf den Erlaß, keine Beziehungen zu diesen Menschen aufnehmen zu dürfen.

Tagelang überlegte Maria, ob sie der Einladung nachgehen solle. Ihr waren die Gespräche mit deutschen Obrigkeiten in allzu schlechter Erinnerung. Als aber Frau Simonsen sie eines Tages mit einem Suppenhuhn hinüberschickte, bat sie ihn, noch am selben Abend kommen zu dürfen, wenn es ihm und seiner Frau passe.

Der Abend wurde so lang, daß die großen Töchter vergebens versuchten, wach zu bleiben, um ihre Schlafgenossin über den Besuch auszufragen.

Der Pastor war ein Thomas Mannscher Verlegenheitstyp mit einer Krawatte, die Heimweh hatte. Seine Frau saß streng und stolz am akkurat gedeckten Tisch. Mit Punsch und Hirschhornplätzchen versuchte das Ehepaar, die Fremde langsam aufzutauen.

Maria war im vertrauten Rahmen gelandet. Auf offenen Regalen und hinter Schrankfenstern sah sie ihre lang vermißten Freunde, die Bücher. Ihre aufgesetzte

Freundlichkeit verwandelte sich zusehends in eine natürliche. Und sie begann zu erzählen. Die beiden Zuhörer stoppten sie nicht, auch dann ließen sie sie gewähren, als sie begann, Kritik zu üben, Kritik an deutschen Menschen und Vorgesetzten.

"Ich sehe, Du hast ein gebrochenes Verhältnis zu allem, was deutsch ist", begann der Pastor das Gespräch.

"Ein gebrochenes Verhältnis habe ich bekommen, weil ich immer wieder enttäuscht worden bin. Ich kann nicht anders, gegen alles, was um mich herum geschieht, habe ich zunächst einmal Mißtrauen."

"Aber", schaltete sich die Pastorenfrau ein, "das Verhältnis gegenüber allem Deutschen kann doch nur verbessert werden, wenn Du dein Mißtrauen überwindest."

"Aber wie? Wie, wenn man so viel Schlechtes erlebt hat wie ich? Sagen Sie es mir, bitte! Es nützt doch nichts, wenn ich gegen mein eigenes Mißtrauen protestiere. Außerdem sehe ich keinen Grund, mein Mißtrauen abzubauen. Haben Sie nicht auch davon gehört, daß vor gut einem halben Jahr zwei polnische Männer in der Nähe von Flensburg gehängt worden sind, weil sie mit deutschen Frauen geschlafen haben?"

"Davon haben wir gehört. Die Gründe dafür hast Du schon genannt, kennst Du denn nicht die Gesetze?"

"Ja, die kenne ich, aber tragen die Frauen überhaupt keine Schuld?"

"Vielleicht hast Du das Recht, Dich moralisch zu entrüsten, aber Kriegszeiten haben ihre eigenen Gesetze", versuchte der Pastor auszugleichen.

"Ich meine, daß das Mißtrauen die Wurzel für alles unsinnige Geschehen ist", beharrte die Pastorenfrau, "und deshalb nützt es nichts, wenn man nur gegen das Mißtrauen protestiert, man muß damit beginnen, es in sich selbst abzubauen."

"Dies kann man aber erst, Maria, wenn eine moralische Entrüstung vorangegangen ist, das gebe ich zu", erläuterte der Besonnene und fuhr dann fort:

"Jedenfalls sollte Dein Mißtrauen sich nicht verhärten, denk an die gute Anna Simonsen, sie hat Vertrauen verdient, sie tut keiner Fliege etwas zuleide."

"Sie behandelt Dich eher wie eine Tochter, das soll man sich einmal vorstellen!"

"Sicherlich stimmt das nicht ganz, aber eines muß ich Dir sagen, Maria, wenn Du nicht bereit bist, Dein Mißtrauen abzubauen, so wird sich dieser Gedanke in den Winkeln Deiner Seele zu einem nicht mehr aufzutauenden Eisblock verhärten."

Maria schien für Momente beeindruckt. Sie fuhr sich mit der rechten Hand über die längst nachgewachsenen Haare, erkannte eine Fontaneausgabe hinter der Glaswand eines Eichenschranks, und fragte dann unvermittelt:

"Das Gegenteil von Mißtrauen ist doch Vertrauen?"

"Ja."

"Wie kann ich Vertrauen gewinnen, wenn ich mein Mißtrauen nicht abbauen kann? Mir gab in diesem Land noch niemand Vertrauen."

"Das Törichste wäre, Vertrauen zu fordern", antwortete die strenge Gastgeberin, "Du und wir alle haben keinen Anspruch darauf. Als mein Mann vor Jahren in diese Gemeinde kam, mußte er sich auch erst schwer bemühen, ehe ihm Vertrauen entgegengebracht wurde."

"Fordern konnte ich es nicht, Vertrauen wird geschenkt, wenn man es verdient hat", bestätigte der Seelsorger seine Frau, "aber als verdientes Geschenk ist es dann von bleibendem Wert."

"Und wie soll ich hier in der Gemeinde Vertrauen gewinnen, ich als Fremde, als wilde, primitive Ostarbeiterin, als Polackin?"

Die Pastorenfrau hob die linke Augenbraue nach dieser anklagenden Frage: "Du kannst dein Mißtrauen durch Ehrlichkeit und Offenheit entkräften. Habe Taktgefühl! Laß Anna Simonsen nicht wissen, daß Du klüger bist als sie. Hab' keine Hintergedanken bei allem, was Du tust!"

"Mir ist bis jetzt in Deutschland niemand begegnet, der mir nicht mit Hintergedanken das Leben zur Hölle machte. Alle, die ich bisher antraf, wollten etwas von mir, ob es die kleinen Befehlshaber waren, die mich brauchten, weil ich auf den Transporten als einzige Deutsch sprach, oder die höher postierten Männer mit ihren eindeutigen Forderungen, alle nutzten meine schwache Position aus. Wie sollte ausgerechnet ich Mißtrauen abbauen und Vertrauen schenken!"

Maria zitterte am ganzen Körper, ihr Gesicht war blaß geworden. Sie bat, nach Hause gehen zu dürfen.

Mit den Worten: "Vielleicht ist dies zur Zeit das einzige, was uns verbinden kann", steckte der Pastor der Fliehenden noch rasch die Lutherbibel zu.

Bei einem Glas Wein saßen die beiden Kirchenleute noch eine Weile beisammen.

"Ich halte sie für intelligent und bösartig", lautete die Quintessenz der Beurteilung der Frau.

"Ich denke, sie ist wach und sensibel."

Verstärkt erschienen in den nächsten Wochen Bomber am Himmel. Waren es die eigenen oder die der Feinde? Je nach Einstellung der Leute bedeuteten sie für jeden etwas anderes. Unten auf der alten Erde jedoch blühte wie immer der rote und weiße Klee um die Wette; die Bienen und Hummeln führten ihre Veitstänze um die lockenden Blüten; Karl Lorenzen hatte wie in jedem Jahr seine Bienenstöcke zwischen den Gräbern auf dem Friedhof aufgebaut, trotz der Proteste einiger Dorfbewohner, die an etwas tiefere Regionen des merkwürdigen Standortes dachten; die Schwalben, die Glücksbringer der Bauern, mauerten ihre Nester an die Stallwände; die Jungen hatten wieder längst die langen gegen die kurzen Hosen getauscht, und in der Brandkuhle wurde der Flugzeugdonner vom Quaken der Frösche unterstützt.

Die Zeit der Heuernte war gekommen. Jetzt ließ man erst einmal Krieg Krieg sein, die Sondermeldungen wurden, wenn überhaupt, nur abends gehört. Der frühe Morgen und der ganze Tag bis spät in den Abend hinein gehörte der Ernte. Pierre schwitzte und fluchte, daß jetzt die freie Mittagsstunde ausfiel. Das Mittagessen bestand meistens aus einer leichten Buttermilchsuppe oder kalter Reisgrütze mit Rosinen; der Kolonialwarenhändler hatte immer noch Rosinen, woher, wußte niemand.

Schwierigkeiten bei der Heuernte gab es bei Marianne Schmidt. Ihr Gras auf den Wiesen jenseits der dänischen Grenze durfte nur von dänischer oder deutscher Hand geschnitten, gewendet, aufgehäuft und schließlich nach Haus in die Scheune transportiert werden. Fremdarbeitern war es nicht erlaubt, die Grenze zu passieren, da hatte die dänische Toleranz dann doch eine starre Grenze. Aber Marianne war mutig, vielleicht aus existentieller Not heraus. Sie fand einen risikoreichen Weg, Henryk mitzunehmen. Auf der Hinfahrt, als der Wagen unbeladen war, legte er sich platt auf den Boden und wurde sorgfältig mit einer Plane zugedeckt. Die mitfahrenden Vettern Klaus-Peter und Harro setzten sich vor dem Grenzübergang in den Fond des Heuwagens und packten unverdächtig Butterbrote aus knisterndem Pergamentpapier. Da auch noch der klobige Polderbaum, der auf der Rückfahrt auf des vollgepackte Fuder Heu gelegt wurde und mit Seilen versehen den Halt des hohen Gefährts verbessern sollte, auf dem Boden lag und die Plane etwas verdeckte, schöpften die Zöllner keinen Verdacht. Hinzu kam, daß Marianne aus Dänemark stammte und so in der Landessprache der Douane-Beamten sprechen konnte. Die Heimfahrt gestaltete sich wesentlich unproblematischer. Zwar erlitt Henryk einige Male leichte Erstickungsanfälle im frischen Heu, aber die Fahrten dauerten nicht allzu lange, kurz nach dem Grenzübergang wühlte er sich schnell mit Hilfe der beiden Jungen, für die jede Fahrt ein großes Abenteuer war, aus der Heuhöhle heraus und setzte sich stolz neben die kutschierende Chefin.

Doch einmal wäre die Rückfahrt fast zur Katastrophe geworden. Henryk bekam ausgerechnet am dänischen Zollhäuschen einen Hustenanfall. So gut er auch versuchte, ihn zu unterdrücken: ein merkwürdiger Ton wurde von allen aus der Tiefe der Ladung vernommen. Nur der Zöllner schien den Ton übertönen zu wollen, als er laut sagte: "Wie immer ist alles in Ordnung, gute Fahrt."

Maria fuhr nicht mit auf die Wiesen, sie wartete zu Hause auf die ankommenden Fuhren und packte zu, wenn das Heu durch die Scheunenlucke geforkt wurde. Mit den Kindern schleppte sie die Tierkost für den Winter in die Ecken des spinnennetzübersäten Heubodens. Trotz der harten Arbeit brachte es ihr Spaß, denn die Kinder hielten die Arbeit mehr für ein Spiel, und sie steckten Maria mit ihrem Übermut an.

Zwischen Heu- und Kornernte findet in dem Grenzort das Ringreiterfest statt. Wie bei den anderen zwei Dorffesten, dem Feuerwehrball und dem Kinderfest, nehmen alle Dorfbewohner daran teil. An zwei Tagen wird ringgestochen. Am Sonntag fallen die Vorentscheidungen und am folgenden Dienstag wird für ein Jahr der Ringreiterkönig gekrönt. Kamerad Pferd, wie die meist plumpen Schleswiger Ackergäule an diesem Tag genannt werden – nur wenige besaßen in jener Zeit edlere Warmblüter – wurde gestriegelt und herausgeputzt, als ob es zu einer großen Parade ging. Eigentlich sollten die Festlichkeiten in diesem Jahr ausfallen, zu viele Reitersmänner waren zu den wichtigeren Reiterspielen an die Fronten abgeordnet. Aber der Bürgermeister hatte auf der letzten Versammlung des Ringreitervereins eine solch flammende Rede dagegen gehalten, so daß dieser Gedanke nicht in die Tat umgesetzt wurde. Er sagte, daß ein Verzicht Rückschritt bedeute, ja, Resignation. Man täte gerade so, als ob das Dorf am Absterben sei. Und was sollten die dänischen Gäste, die jedes Jahr herüberkämen, denken. Nein, hier im Kleinen könnten sie alle beweisen, daß Deutschland lebt. Beim Ringreiten könnten diejenigen, die nicht das Glück und die Ehre hätten, fürs Vaterland an den feindlichen Fronten kämpfen zu dürfen, beweisen, daß die Volksertüchtigung bei den Daheimgebliebenen einen hohen Stellenwert einnehme und somit eine schlagkräftige Reserve für eventuelle Notfälle hier immer bereitstände. Donnernden Applaus erntete er, als er vor der reinen Männergesellschaft ausrief:

"Was der BDM kann, können wir Reiter allemal!"

Nur das Einholen des vorjährigen Königs von dessen Hof fiel in diesem Jahr aus, denn der befand sich zur Zeit möglicherweise in einem Schützengraben am Westwall.

Niemand wagte dem Bürgermeister zu widersprechen, das Fest fand statt. Nur in einem Punkt war man sich nicht einig. Es ging um die Frage, ob Pierre teilnehmen dürfe oder nicht. Wenn ja, müsse er den Status eines Knechtes erhalten, die durften nämlich traditionsgemäß seit einigen Jahren mitreiten. Die Polen – es gab neben Henryk seit kurzem mehrere andere – waren von vornherein ohne Begründung ausgeschlossen. Die Begründung dafür, daß Pierre schließlich, trotz erheblicher Bedenken besonders des Ortsgruppenleiters, doch teilnehmen durfte, lautete überraschend: Frankreich liege im Westen, dort gäbe es keine Kommunisten, also könne er mitstechen.

Die verstaubten Sättel wurden mit Schuhcreme eingewichst, die gemütlichen Pferde gesattelt; alte, dicke Bauernhintern, die schon zwanzig Jahre nicht mehr den Rücken eines Pferdes bestiegen hatten, malträtierten in diesem Jahr die beklagenswerten Rösser. Auch Jugendliche wurden zugelassen, weil man dem Anschein genüge tun wollte, daß alles wie immer sei. Nie zuvor landeten so viele Reiter auf dem Boden wie in diesem Jahr, die Untrainierten wollten mehr als sie konnten. Die dänischen Zuschauer feixten und spotteten. Henryk stand neben dem mittleren Galgen, empfing von den Reitern die gestochenen Ringe, setzte sie in den Schnappmechanismus und zog das Seil für den nächsten Ringstecher in die richtige Position.

Pierre hatte, nachdem ihm mitgeteilt worden war, daß er teilnehmen dürfe, heimlich mit ein paar Jungen nach Feierabend auf der Koppel hinter dem Haus trainiert, und so kam es, daß er zur Halbzeit nach fünfzehn Durchgängen die Konkurrenz anführte. Dies sprach sich bei der Kaffeetafel, die in Carlsens Gastwirtschaft vor dem entscheidenden zweiten Durchgang gereicht wurde, wie ein Lauffeuer herum. Der Bürgermeister, vielleicht weil er den Geist, den er mitgerufen hatte, oder aus Angst vor der eigenen Courage, nahm Pierre beiseite und gab ihm unmißverständlich zu verstehen, daß er ab jetzt vorbeizustechen habe. Annegret, die das Teilergebnis auch mitbekommen hatte, winkte Pierre beim Ritt zum zweiten Durchgang auf die Festwiese aufgeregt zu und zeigte ihm, daß sie die Daumen halten wolle.

Auch Maria, die als Zuschauerin mit fünf Kindern an der Hand dem Treiben zusah, hatte von der Sensation gehört und war nicht überrascht, als am Ende nur ein zehnter Platz für Pierre heraussprang; auch ein Anflug von Toleranz hat schließlich sein Grenzen!

Am Abend wurden die Preise verteilt, es gab acht. So war es nicht nötig, das Dorf in neue Verlegenheiten zu stürzen. Bei der Preisverteilung am Abend habe Pierre nichts zu empfangen, er könne also zu Hause bleiben, wurde ihm mitgeteilt.

Das Jahr wurde älter. Heu und Korn waren eingefahren, es passierte nichts Aufregendes. Maria hielt sich mit ihren Meinungen zurück; die Befürchtungen des Ortsgruppenleiters hinsichtlich eines Fraternisierungsprozesses im Hause Schmidt erwiesen sich als unbegründet. Henryk war nur ein Junge, ein grosser zwar, aber kein Mann, für den sich Marianne in Schwierigkeiten stürzen wollte. Er verrichtete brav die ihm aufgetragenen Arbeiten jeden Tag mit gleicher, stoischer Ruhe. Aber sonntagmorgens, wenn die Milchkannen geschrubbt waren, schlich er sich auf Umwegen an die weiße Kirche heran. Am hohen bunten Kirchenfenster zur Ostseite hin hockte er sich in die Buchsbaumhecke und lauschte andächtig dem Orgelspiel. Die Worte des Pastors konnte er gut verstehen, und er fühlte sich wie in einem Traum zurückversetzt in seine Heimat. Ihn durchströmte eine tiefe Befriedigung, als er die gleichen Gedanken vernahm, wie sie sein Pfarrer in seinen Predigten kundtat. Zwischen Kirchenfenster und Buchsbaumhecke kniete er sich nieder, betete inbrünstig und dankte seinem Gott.

In der selben Stunde trat Pierre, wie an jedem freien Sonntag, den Blasebalg der uralten Orgel. Da der Balg mit schweren Ziegeln belegt war, mußte er kräftig treten, um genügend Luft für die Pfeifen hochzupumpen. Aus Schabernack ließ er manchmal die nach oben zu drückende Platte mit den Steinen so nahe an die untenliegende herunterfahren, daß der zu lobende Gott in besagtem Lied nicht mehr Luft genug bekam, und erst durch eine laute Drohung des Organisten wurden die gräßlichen Blählaute durch schnelleres Treten des Verursachers in reinere Töne verwandelt. Der Organist, ein pensionierter Schulmeister, wollte die blamable Vorstellung wieder gutmachen und zog deshalb alle Register. Schwitzend und fluchend trat Pierre wie wild aufs Pedal, zweimal konnte er sich beim sonntäglichen Gottesdienst seinen Scherz wahrlich nicht erlauben.

Maria versuchte über den Bürgermeister zusammen mit einigen Landsleuten aus der Umgebung einen katholischen Gottesdienst in Flensburg besuchen zu dürfen. Ihre Bitte wurde mit dem Hinweis abgelehnt, daß es zu weit und umständlich sei, solch eine Fahrt durchzuführen, außerdem nähme solch ein Unterfangen die Arbeitskraft eines ganzen Tages in Anspruch, schließlich seien sie zum Arbeiten und nicht zum Beten hier. Man verwies noch auf Hilde Raabes Mann, Hubertus Maria, hin, der vor seinem Fronteinsatz als guter Katholik stets den heimischen Gottesdienst besucht habe, und, soweit ihnen bekannt sei, keinen Schaden an seiner Seele genommen habe. Maria aber, obwohl oder gerade, weil sie schon mehrere Male im Pastorat gewesen war, blieb auch in dieser Frage ihren Prinzipien treu.

Bei der Kartoffel- und Rübenernte mußten wieder alle zupacken. Kartoffeln waren in dieser Zeit das Hauptnahrungsmittel, allein Henryk verschlang Berge von Erdäpfeln. Jeden Tag fuhren die Bauern Kartoffelfuhren zur Meierei, um die Früchte dort dämpfen zu lassen. Anschließend wurden sie in Mieten geschüttet, damit den Winter über genügend Schweinefutter vorhanden war. Der Duft der gedämpften Kartoffeln und des verbrannten Krautes erfüllte für Wochen den kleinen Ort. Nichts wuchs besser auf dem kargen

Geestboden als die historische Frucht aus Südamerika. Mit einer Schleuder, die von zwei Pferden gezogen wurde, katapultierten die Bauern ihre kostbaren Kartoffeln aus dem unfruchtbaren Boden, in dem sie in fünf Monaten zu ansehnlichen Knollen herangewachsen waren. Riesige Vorratsmieten hinter den Häusern verrieten, daß auch im kommenden Winter niemand zu verhungern brauchte. Die Schweine bekamen durch den Kartoffelzusatz den letzten Speckansatz und hielten sich gemäß ihrer traurigen Bestimmung bereit, kurz vor dem Weihnachtsfest den Menschen die nötige Fleischkost zu liefern. Manchmal kamen Städter auf die Bauernhöfe, wenn das Schlachtfest seinen Höhepunkt hatte. Als sie gegangen waren, trug so mancher Arm eine neue Uhr, lag auf vielen Stubenböden ein kostbarer Teppich. Der Verlust von Speck und Kartoffeln brauchte nicht beklagt zu werden. Bauern sind gewieft und machen immer den besseren Tausch.

Im Weihnachtsmonat fand Henryk zunächst als Nikolaus ein neues Betätigungsfeld. Dem kessen Klaus-Peter verpaßte er auf Veranlassung seiner Mutter eine Rute.

Vier Tage vor dem Fest holten Pierre und Henryk zusammen aus der Schonung am Ochsenweg vier gleichmäßig gewachsene Tannen. Die größte war für die Kirche bestimmt, zwei für die Stuben ihrer Auftraggeberinnen und die vierte, die Henryk mit besonderer Hingabe aussuchte, bevor er sie schlug, sollte Hilde Raabe bekommen. Zu ihr hatte er durch die Freundschaft zum kleinen Harro besonderes Vertrauen gewonnen. Daß Marianne Schmidt nichts davon wissen durfte, darum bemühte Henryk sich redlich.

Das Pferdefuhrwerk, in dem frierend Annegret eingerollt in einer Felljacke saß, kam nur schwer durch die Morastwege des Wäldchens hindurch, ehe sie die festere Hauptstraße erreichten. Schreiend zogen verspätete Wildgänse in ungeordneter Formation über sie hinweg; es würde ein harter Winter werden! Aber noch blieb der Schnee nicht lange liegen, er verbündete sich mit dem Sand und den Pfützen zu häßlichem grauen Matsch. Die flache Landschaft ging noch lange nicht in Schneemassen unter, die würden sich aber bald an den Knicks und in den Straßengräben auftürmen. Noch war der Boden nicht gefroren, und so blieb noch Zeit, Rüben aus den Feldmieten zu holen, damit sie genügend Futter für das Vieh während der Weihnachtszeit hatten.

Auf den Vorhöfen weichte der Boden auf. Henryks plumpe Stiefel saugten sich voller Wasser, sein Gang glich dem eines sechzigjährigen Mannes. Pierre hatte die Gummistiefel von Stine Feddersens Mann bekommen, dadurch geschützt, holte er kurz vor dem Fest aus dem braunen Moorteich prächtige Rohrkolben, die er stolz in einer im Sommer angemalten, alten Milchkanne in die Küche schleppte und auf die Konsole vor den grünen Kachelofen stellte. Stine war überrascht.

Bei Anna Simonsen saßen neben ihren neun Kindern noch etliche aus der Nachbarschaft, um mit Maria Weihnachtssternchen aus Papierstreifen und Stroh anzufertigen. Andächtig hörten sie zu, wenn Maria ihnen Geschichten zur Weihnachtszeit aus ihrer Heimat erzählte. Anna kam nicht auf den abstrusen Gedanken, daß dies fremde Kulturgut vielleicht den deutschen Hirnen schaden könne. Sie war nur erstaunt und froh, daß ihre Kinderschar endlich einmal ruhig war und dazu noch zufrieden schien. Das war keinesfalls selbstverständlich in dieser Zeit. Oft wußte sie nicht, wie sie die vielen Mäuler stopfen sollte, es fehlte auch an Wolle und Kleidungstücken aller Art. So kamen diese Ablenkungen in der Adventszeit allen zupaß, denn auch Maria fühlte sich inmitten der fröhlichen Kinder wie eine beschützende, glückliche Glucke.

Nie hatte das Dorf originelleren Baumschmuck gesehen als in diesem Jahr. Ein paar ausgewählte Teile brachte Maria ins Pastorat. Sie nutzte die Gelegenheit, sich nach längerer Zeit wieder mit dem Pastorenehepaar zu unterhalten. Sie brauchte das, auch wenn sie von vornherein wußte, daß sie sicherlich nicht in ihrer Beharrlichkeit auf einen Nenner kommen würden.

Die Pastorenfrau fragte sie nach ein paar freundlichen Begrüßungsfloskeln: "Wie ist es, hast Du inzwischen Taktgefühl entwickelt?"

Maria schluckte; der Pastor sah seine Frau erschrocken an und schüttelte leicht den Kopf.

"Ich verstehe Sie nicht, habe ich etwas falsch gemacht?" versuchte Maria die Provokateurin aus der Reserve zu locken.

"Meine Frau meint", schaltete sich der besonnenere Pastor ein, "ob Du Deine kritische Haltung gegenüber allem ein wenig revidiert hast in dem halben Jahr, das du hier im Dorf verbracht hast."

"Ich meine ganz einfach, ob Du dankbar bist für das, was Dir hier widerfährt", ließ sich die Frau nicht zurechtweisen.

"Schau mal, Dein Verhalten gleicht dem Tragikverständnis unseres größten Dichters hier im Norden, nämlich dem Friedrich Hebbels: Dein Individuum ist ständig im Kampf zwischen Deinem persönlichen Willen mit dem des allgemeinen Willens. Der allgemeine Weltwille aber scheint zur Zeit von der Ideologie eines einzigen Mannes beherrscht zu sein. Und es nützt nichts, Maria, wenn Du dagegen rebellierst, Du wirst dem allgemeinen Weltwillen unterliegen, da Du mit jeder persönlichen Antiregung eine widerstrebende Reaktion auslöst. Deine Individualisation wird zur Tragik, das will auch meine Frau ausdrücken, die, genau wie Hebbel, aus dem Landesteil Dithmarschen kommt. Schütze Dich also vor Dir selbst, das ist unser wohlgemeinter Rat."

"Johannes, laß Hebbel aus dem Spiel, Du weißt, das Du als Kirchenmann mit seinen Ideen in einen Konflikt geraten kannst."

Maria ließ sich nicht beeindrucken. Es entstand zwar eine längere Denkpause, aber dann hatte sie ihre Scheu verloren und fragte: "Wie kann das, was allein ich erlebt habe, in einem angeblich hochzivilisierten Volk geschehen! Wie ist es möglich, daß Menschen auf andere mit Knüppeln eindreschen, ohne nach Gründen ihrer vermeintlichen Verbrechen zu fragen! Wie kann es passieren, daß ich als Unschuldige einfach aus meiner Heimat deportiert werden kann! Ich hätte noch viel mehr Fragen."

Maria rief es der Pastorenfrau nach, die zornig das Zimmer verließ.

"Du weißt, wer die Macht hat, hat auch das Recht auf seiner Seite", schaltete der Pastor sich wieder ein.

"Ist das ein kluger Satz?" klagte Maria, "ist denn die Kultur, die Humanität, tot in diesem Land? Es hat doch Bach, Kant, Schopenhauer, Goethe und Fontane hervorgebracht, große Ärzte und Chemiker."

"Hör Dir das an, Johannes", herrschte die zurückgekehrte Hausherrin Maria an, "nun will uns dieses Menschenkind, das gerade dem Untermenschendasein entsprungen zu sein scheint, auch noch unsere glorreiche Kultur vorwerfen, das geht zu weit!"

Das Gespräch der beiden Frauen steigerte sich nun in wütende Attacken und blinden Haß.

"Gerade weil diese Menschen aus unserem Volk hervorgegangen sind, tragen wir die Verpflichtung in uns, dieses Erbe oder das deutsche Wesen den minderwertigen Völkern näher zu bringen und sie schließlich zu germanisieren. Du solltest uns eher dankbar sein."

Maria, die genau so aufgebracht war wie die inzwischen im Raum auf und ab marschierende Gastgeberin, konterte mutig: "Wenn das, was ich erlebt habe, aus deutschem Kulturgut erwachsen ist, dann ist es nur brutal, zerstörend und menschenverachtend."

"Es reicht! Geh, sage ich Dir, geh und komm nie wieder in dieses Haus!" zeterte die in Wallung geratene Frau, die, weit entfernt von christlicher Nächstenliebe und bar jedes guten Arguments, die Tür aufriß und Maria unsanft hinausstieß. Ihr Mann stand verlassen in der Ecke des Zimmers, hilflos.

Maria stolperte auf den Kiesweg vor dem Pastorat, und als sie schon fast das Hoftor erreicht hatte, drehte sie sich um und rief laut, damit es die Angesprochenen auch hinter verriegelter Tür noch hören konnten: "Eines weiß ich jedenfalls, wenn ich jemals befehlen dürfte, würde ich mich nie so verhalten, wie es mir widerfahren ist!"

Die beiden hörten die Anklage und das Bekenntnis. Der Pastor schüttelte den Kopf: "Was für eine merkwürdige Frau!"

In den nächsten Tagen machte es Maria etwas aus, wenn die Kinder zu singen begannen 'In einem klei-

nen Teiche, da fand man ihre Leiche, die war so schön
. . .'; sie hatten das Lied vom Polenmädchen so oft
gemeinsam gesungen, ohne daß sie sich darüber
geärgert hatte.

Pierre war aus anderem Holz geschnitzt. Er machte sich keine großen Gedanken, nutzte die kleinen Vorteile, die sich ihm ergaben, und er wußte genau, daß bei Stine Feddersen die staatlichen Kontrollmöglichkeiten nicht so funktionieren konnten wie etwa in Neuengamme. Er saß mit der Hausherrin und Annegret am selben Tisch, sprach mit ihnen und hatte es sogar soweit gebracht, daß die Bohnen nicht immer nur mit Mehlschwitze zubereitet wurden.

Frisches selbstgebackenes Brot wurde traditionell am Mittag des Heiligabends gereicht, dazu Wurst, Schinken und Griebenschmalz. Sogar ein Glas Honig aus den Beständen des Friedhofimkers stand auf dem Tisch.

Für Maria, Henryk und Pierre war es ungewohnt, daß die Hauptfeierlichkeiten einen Abend vor dem eigentlichen Weihnachtsfest stattfanden. – Besonders Henryk ließ sich von der feierlichen Stimmung einnehmen. Er stellte einige volle Garben Korn auf den Hofplatz für die Spatzen, die, wie überall, auch hier nichts galten. Den Pferden und Kühen, ja, sogar den Schweinen, bereitete er ein luschiges Bett aus frischem Streu. – Tage vor dem Fest hatten die Bewohner Grünkohl von den Feldern geholt, Maria mehr als einen Zentner für die große Freßschar. Vor den Augen und Nasen der Fremdarbeiter entstanden Köstlichkeiten, die ihnen fremd waren. Henryk saß am Herd und goß stundenlang Fett über die Gans, er konnte die Gaumenfreude kaum abwarten. Der Langkohl, ein Gemisch aus überwiegend Grünkohl, dazu Weißkohl, Kartoffeln, Gewürze, Butter und die jeweilige Bratensoße, duftete im großen Steintopf. – Maria half den Kindern am Nachmittag, den kerzengeraden Tannenbaum zu schmücken. Die selbstgebastelten Strohsterne kamen im Grün richtig zur Geltung, Schokoladenkringel gab es in diesem Jahr nicht. Der älteste Sohn brachte unter großem Hallo die glitzernde Baumspitze an. –

Pierre verbrachte die Zeit vom Mittag bis zum abendlichen Füttern der Tiere, indem er in seiner Kammer leise traurige Lieder aus seiner Heimat sang. Als Annegret anklopfte, sang er etwas lauter, er wollte nicht gestört werden.

Nachmittags um drei Uhr fand der Weihnachtsgottesdienst statt. Die weiter weg Wohnenden fuhren in Pferdekutschen vor, die anderen spazierten untergehakt dem Gotteshaus zu.

Wieder eine Kriegsweihnacht, und nichts war hier äußerlich vom Krieg zu merken. Wie auf Befehl hatte es morgens zu schneien begonnen; da kein feuchter Wind von der Nordsee wehte, blieb der Schnee diesmal sogar liegen. Auf den Schwengeln der eingefrorenen Pumpen versuchten Krähen vergebens, Wasser herauszuschlagen. Der frische Schnee auf der Brandkuhle war mit Spuren von Wildkaninchen und Dohlen übersät, im Garten des Bäckers balgten sich Spatzen an schwingenden Talgringen.

Vor Hündings Gasthof gegenüber der Kirche standen schon eine Menge Pferdefuhrwerke, als Marianne Schmidt mit ihren drei Knaben und Henryk den Kirchensteig erreichte. Auch Pierre durfte am Gottesdienst teilnehmen, schon deshalb, weil er eine Funktion ausübte.

"Das sind doch auch Christen", hatte der Pastor auf entsprechende Fragen schlicht geantwortet.

Da sein Wort hier oben noch immer mehr galt als das der weltlichen Macht, verkörpert im Ortsgruppenleiter, kamen keine Zweifel über die Richtigkeit dieser Maßnahme auf.

Als der letzte Glockenton über der weiten Landschaft verklungen war, saßen im Kirchenschiff in diesem möglicherweise einzigen ökumenischen Gottesdienst im ganzen Lande die Menschen wie immer fein säuberlich nach Geschlechtern getrennt links und rechts des Mittelganges. Der Pastor beugte sich schon über die große Bibel auf dem Altar. Wie nach einem Ritual trat seine Frau wie stets zwei Minuten später mit respektheischender Geste durch die Kirchentür. Alle starrten sie an, obwohl sie das Zeremoniell kannten. Würdevoll ging sie langsam durch das Kirchenschiff auf ihren angestammten Platz zu in einer der vorderen Reihen. Ihr würdiges Schreiten betonte sie durch ihr strenges Äußeres. Alle Frauen im Dorf trugen schlichte Kopftücher, sie trug einen schwarzen Hut, der den straffen Dutt freiließ und vorn mit einem winzigen Schleier drapiert war. Nie würden die Bauernfrauen auf die Idee gekommen sein, in diesem Aufzug in der Kirche zu erscheinen, aber der Pastorenfrau gestanden sie diese Extravaganz kritiklos zu. Kaum hatte sie sich hingesetzt, erhob sich der Pastor aus seiner Meditationsstellung und drehte sich wie auf ein geheimes Kommando zur Gemeinde herum, begleitet von einsetzenden Orgelvariationen. Pierre mußte schwer treten, diesmal wollte er die festliche Stimmung nicht durch seine Späße verderben. Henryk freute sich über seine Tanne, die im Lichterglanz den festlichen Rahmen des Gottesdienstes bildete.

In seiner Weihnachtspredigt sprach der Pastor über das Leid, das über viele Familien auch in diesem Jahr wieder hereingebrochen sei, aber auch davon, daß es im Dunkel der Zeit immer noch Licht gebe. Voraussetzung, das Leid zu überwinden, habe nur der, der Vertrauen habe und schenke. Er hielt inne, schaute auf und suchte ein Gesicht in der Menge. Es war nicht zu finden, und der Prediger empfand alle nachfolgenden Worte für überflüssig. Ein Dialog sollte es werden, aber der spezielle Ansprechpartner fehlte. Maria hatte Anna mit ihrer Kinderschar nur bis zum Kircheneingang begleitet, danach war sie zurückgegangen, hatte sich eingeschlossen, obwohl niemand im Haus war, und mit gefalteten Händen einfach drauflosgeredet, sich das vergangene Jahr von der Seele geschrien.

Zur gleichen Zeit wurden die Kinder in der Kirche aufgefordert, allein 'Ihr Kinderlein kommet' zu singen. Und wie immer kamen die ersten Töne nur zaghaft aus den schüchternen Kehlen. Henryk stieß Klaus-Peter und Harro, die sich rechts und links neben ihn gesetzt hatten, an, damit sie lauter sangen. Als das nichts half, stimmte er selbst mit ein, denn er kannte das Lied, oft genug hatten sie es in den langen Adventsabenden gesungen: ' . . . und seht, was in dieser hochheiligen Nacht, der Vater im Himmel für Freude uns macht'.

Das hatte es in dieser Kirche noch nicht gegeben! Alle starrten in die Richtung der ungewöhnlichen, tiefen Töne. Der Pastorenfrau verrutschte der Hut beim ruckartigen Herumdrehen des Kopfes; Marianne Schmidt hätte vor Scham in den Boden sinken mögen; der Organist hörte auf zu begleiten, was er bald sowieso nicht mehr lange hätte können, weil Pierre vor den Blasebalg an den Rand der Empore gestürzt war, um das Ungewöhnliche von hier besser beobachten zu können. Die Kinder ließen Henryk nicht im Stich, nun sangen sie auch, sangen aus voller Kehle, und bei 'O beugt wie die Hirten anbetend die Knie; erhebet die Hände und danket wie sie! Stimmt freudig, ihr Kinder, wer soll sich nicht freun? Stimmt freudig zum Jubel der Engel mit ein!' wurden auf den Wink des Kantors die Pfeifen wieder mit Luft gefüllt. Auch die Erwachsenen stimmten kräftig mit ein, das Kirchenschiff schien zu wanken in dem jubilierenden Rausch von Tönen und Freude. Ein Negergottesdienst in Manhattan hätte nicht fröhlicher sein können! Aber die Pastorenfrau stand augenblicklich empört auf, zog den Schleier ins Gesicht und verließ stehenden Fusses den Ort, der ihrer Meinung nach eher Sodom und Gomorrha denn einer würdigen Weihnachtsfeier glich.

Das Dorf hatte nur einen Gesprächsstoff, so etwas hatte sich hier noch nie zugetragen.

Henryk war beschämt und erfreut zugleich, als er abends an der reichhaltigen Weihnachtstafel saß. Ausgerechnet heute fiel es ihm schwerer als sonst, richtig reinzuhauen, und es gab doch Gänsebraten. Mit halbgefülltem Magen legte er verlegen seine Geschenke unter den Tannenbaum. In den langen Herbst– und Winterabenden hatte er für die Jungen einen kompletten Bauernhof mit Kühen, Pferden, Schafen und Hühnern geschnitzt, dazu eine Mühle mit zerbrechlichen weißen Flügeln. Marianne bekam Schöpflöffel und reich verzierte Leisten für ihre hochstengeligen Blumen.

Pierre hatte unter großen Mühen aus Kuhhörnern zwei Schreibstifthalter für die alte Kommode in der guten Stube angefertigt.

Maria hatte eine Sehnenscheidenentzündung vom vielen Pulloverstricken. Aber die Freude der Kinder, ihre leuchtenden Augen und Annas warmherziger Dankesdruck ließen die Schmerzen an diesem Abend vergessen.

Die drei erhielten an diesem heiligen Abend auch etwas, schließlich war man ja Mensch! Dicke Wollstrümpfe, Filzpantoffeln und Mützen lagen für sie bereit, das Schönste aber war der bunte Naschteller mit selbstgemachten Marzipankartoffeln. Pierre und Henryk bekamen obendrein noch eine Extraration Krüllschnitt.

Der Altjahrsabend verlief ruhig. Zwar liefen die kleinen Kinder wie eh und je mit ihrem Rummelpott von Tür zu Tür, aber die Erwachsenen tanzten diesmal nicht ausgelassen ins neue Jahr.

Am ersten Sonnabend im neuen Jahr fand jedoch traditionsgemäß der Feuerwehrball in Hündings Gasthof statt. Um Lebensmut oder alte Sitten in dieser immer schwieriger werdenden Zeit zu demonstrieren, wurde das Fest auch in diesem Jahr gefeiert. Besonnene Leute, die an Mann und Sohn an den kalten Fronten in Rußland zu erinnern wagten, wurden von den meisten als Miesmacher hingestellt und mit dem Hinweis abgespeist, daß diese bescheidene Fröhlichkeit ihnen sicher von den Helden da draußen gegönnt werde.

Nachmittags fand der Kindermaskenball statt. Es war ein Staat, als Maria, verkleidet als Glucke mit Federn aus bemalten Papierfetzen, den Saal betrat, eine neunköpfige Kükenschar hinter sich herziehend. Als der Böttcher zur Quetschkommode griff, führten sie einen lustigen Hühnertanz auf. Sie bekamen den größten Beifall, den ersten Preis aber – wer hatte schon gedacht, daß zehn überragende Koszüme zu prämieren seien – erhielt Harro, den Pierre zu einem kleinen Charlie Chaplin verwandelt hatte. Tolpatschig schritt der Junge durch den Saal, das dünne Stöckchen lässig um die rechte Hand schwingend. Der kleine Schnauzer, ein Abbild von dem seines Maskenbildners, purzelte ab und zu auf den gebohnerten Boden.

Abends erschienen die Älteren, auch sie hatten sich fast alle verkleidet. Wie anders hätte Pierre sich verkleiden können, denn als Pierrot! Kam die Verkleinerungsform seines Namens der Wahl seines Kostüms schon entgegen, so wurde sie durch seine Erinnerung an einen Louvrebesuch in Paris, wo er besonders vom 'Pierrot' des Antoine Watteau angetan war, noch bestärkt.

Stine Feddersen, die wie immer als Schulmädchen mit einem alten Tornister auf dem Rücken und dünnen Zöpfen auf den Ball gehen wollte, empfand den Aufwand für das Kostüm reichlich übertrieben, ja, geradezu albern wirkte es auf sie, daß er sich auch noch nach seinem Vorbild weiß zu schminken begann. Annegret beobachtete die Verwandlung neugierig. Nach einigen Anproben war sie so angetan, daß sie selbst mit ihm zusammen für sich ein ähnliches Kostüm schneiderte.

Pierrot und Pierette hatten das verlegen nach allen Seiten schauende Schulmädchen untergehakt und schritten durch eine Gasse offener Münder in den vollbesetzten Saal.

"Das ist französisch, das nennt man chic, da kann man nicht gegen anstinken", hieß es bei der Vergabe des ersten Preises.

"Eigentlich ein schönes Paar", tuschelte eine Nachbarin dem mit einem Trostpreis bedachten Schulmädchen zu. Das Paar feierte seinen Sieg die ganze Nacht.

Nach drei Monaten hielt Annegret es nicht mehr aus. Sie beichtete ihrer aus allen Wolken fallenden Mutter den Fehltritt. Danach ging alles ganz rasch. Stine hatte den Ortsgruppenleiter eingeweiht und um Diskretion gebeten. Der wußte Rat. In der nächsten Nacht erschien mit verdunkelten Scheinwerfern ein Militärwagen hinter dem Haus. Pierre wurde aus dem Schlaf gerissen, man verschränkte brutal seine Arme auf dem Rücken und stieß ihn ohne eine Erklärung in den Wagen. Er schaute noch einmal zur offenen Küchentür, in der im matten Lichtkegel Frau Feddersen wie ein Fels stand. Sie schaute immerhin auf den Boden. Im Jungmädchenzimmer bewegte sich die Gardine.

Adieu, trauriger Pierrot!

"Du hast ihn zu gut behandelt, Stine", durchbrach der Ortsgruppenleiter die verschwiegene Aktion.

Beklommen fragte Stine, als sie das Auto um die Kurve am Grünen Weg vorbeihuschen sahen, was denn nun mit Pierre passiere.

"Wenn er Glück hat, kommt er ins Arbeitserziehungslager Nordmark bei Kiel, ich weiß aber nicht, ob das schon eingerichtet ist. Wahrscheinlich geht es ihm aber wie den beiden Polen, die vor zwei Jahren wegen ähnlicher Vergehen hier in der Nähe gehängt wurden. Wäre auch noch schöner, sich an unschuldigen deutschen Frauen zu vergehen!"

"Ja, ja, welche Schande!"

In derselben Woche zog Annegret nach Flensburg zu ihrer Tante. Sie nannte ihren Pierre Peter.

Der Ortsgruppenleiter und der Bürgermeister hatten nach diesem Vorfall nichts Eiligeres zu tun, als alle, die einen Arbeiter bei sich hatten, noch einmal auf die Gefahren hinzuweisen, die diese Minderwertigen mit sich brächten.

Der Verlauf des Jahres 1944 unterschied sich zunächst kaum von dem des Vorjahres, wenn man davon absieht, daß die routinemäßigen Arbeiten auf Wiesen und Feldern immer häufiger von Hiobsbotschaften von den Fronten begleitet wurden. Maria schor immer noch die männlichen Köpfe der Bewohner, legte auch wieder einen Blumengarten an, stattete dem Pastor aber keinen Besuch mehr ab. Ihr nochmaliger Versuch, mit einer Gruppe von Ostarbeitern einen katholischen Gottesdienst in Flensburg zu besuchen, wurde strikter abgelehnt als beim erstenmal. Immer unruhiger schaute sie den rasenden Flugzeugen am Himmel nach, die immer häufiger in ganzen Schwärmen das schmale Land überflogen.

Henryk schaute auch hinauf, wenn er in der Mittagsstunde auf der Toft, der nächsten Wiese am Gehöft, zwischen Trollblumen, Sauerampfer, roten Nachtnelken, Wiesenschaumkraut und geflecktem Knabenkraut sein gemütliches Ruhestündchen verbrachte. Manchmal kamen Klaus-Peter und Harro hinzu. Dann suchten sie Schnecken, setzten sie auf ausrangiertes Fensterglas und veranstalteten Wettrennen, was möglicherweise in sich schon ein Widerspruch war, denn häufig blieben die Biester einfach in ihrem Häuschen. Aber auch da wußte Henryk Rat. Er lehrte die Jungen Tagfalter fangen, ließ sie auf das Schneckenhaus setzen und dazu ein Lied singen. Nur so, versicherte er den beiden verschmitzt, würden die Schnecken an ihren Hörnchen gekitzelt, herausschlüpfen und schneller gleiten.

Auch der Vorfall mit Pierre ließ Henryk nicht aus der Ruhe bringen, er hielt das Vorgehen gegen ihn für gerechtfertigt, auch wenn er jetzt seine Mahlzeiten in der Knechtenkammer einnehmen mußte.

Im Herbst, die Kartoffelernte war wieder im vollen Gange, trat ein Ereignis ein, das Maria zunächst nur am Rande mitbekam. Im Arbeitslager bei den Mergelkuhlen waren zweitausend Kriegsverbrecher, wie sie im Dorf nur genannt wurden, über Nacht einquartiert worden. Sie sollten nördlich des Dorfes einen Panzergraben ausheben und in Leck Arbeiten auf dem Militärflugplatz ausführen. Obwohl das Lager abgeschirmt am Dorfrand lag, und der Kommandostab sich bemühte, die Dorfbewohner so wenig wie möglich mit dem grausigen Geschehen zu konfrontieren, war es doch bald allen bewußt, daß hier etwas Außerordentliches geschah. Sah man die frühen Nacht- und Nebelmärsche in der bläulich verhangenen Luft am Morgen vielleicht nicht, konnte man abends, wenn der geknebelte Zug – Leichen in den letzten Reihen tragend – von den Strapazen zurückkehrte, die Augen vor dem Elend nicht mehr verschließen. Als nach einer Woche das erste Massengrab nahe am Dorffriedhof ausgehoben wurde, fiel der Ort in tiefe Verzweiflung. Maria wollte es genau wissen, sie ging mitten in der Woche auf den Friedhof, um auf dem Familiengrab der Simonsens zu harken. Der Kirchendiener, der gerade die letzten Bienenkästen nach Hause holen wollte, befahl ihr, den nun nicht mehr heiligen Boden schnell zu verlassen. Als sie beim Gehen zurückschaute, sah sie, wie über eine Leiter Leichen in Papiersäcken in die Gruft rutschten.

Maria beteiligte sich nicht an den Aktionen der Frauen, abends, wenn der Todeszug vorbeikam, Töpfe mit Kartoffeln oder Grütze an den Wegesrand zu stellen. Ihr genügte dieser Anflug von Humanität den hilflosen Menschen gegenüber nicht. Außerdem verstand sie diese menschliche Regung nicht. Einerseits hörte sie immer wieder von fast allen Menschen, mit denen sie es zu tun hatte, daß sich im Lager Untermenschen, Kriminelle, eben Feinde befänden. Wo blieb also die Konsequenz? Was sollten Kartoffeln und Grütze?

Der Spuk währte sechs Wochen. Anfang Dezember war alles vorbei. Geblieben war ein Panzergraben von gigantischen Ausmaßen, ausgehoben mit Schweiß, Blut und Tränen, der nie in irgendwelchen strategischen Überlegungen eine Rolle gespielt hat. Geblieben waren auch vier Massengräber mit zweihundertneunundneunzig Toten und ein Dorf, das Krieg in seiner grausigsten, zynischten Form erlebt hatte, das verwirrt war, sich sogar schämte.

Maria wollte danach kaum noch sprechen. Sie behielt alles.

In den letzten Kriegsmonaten überschwemmten immer mehr Flüchtlinge aus dem Osten den kargen Landstrich. Nun waren sie es, die nach den Mergelarbeitern und den Gefangenen das Lager bevölkerten. Da dort nicht genügend Raum vorhanden war, nahmen fast alle Dorfbewohner, wenn auch widerwillig, mindestens eine Familie in ihr Haus auf. Maria konnte kein Mitleid erkennen. Die Flüchtlinge waren nicht nur Fremde, sie waren Feinde. Mit Ekelgefühlen und offenem Haß trat man ihnen entgegen. Maria sah, wie ein Bauer aus Ostpreußen für zwei klapprige Trakehner, die er als einzige Habe hierher gerettet hatte, das Gras in den Gräben suchen mußte, damit sie jedenfalls etwas Nahrung hatten. Niemand erlaubte ihm, die Mähren auf einer Wiese grasen zu lassen. An einer Leine mußte er sie befestigen, damit sie nur nicht über den Grabenbereich hinaus ihre hungrigen Hälse streckten.

Kamerad Pferd war nur das eigene, die Ostklepper, wie sie genannt wurden, sollten ruhig krepieren.

Neue Zeiten künden sich an in Bewegung und Hast. Überall war dies in den letzten Monaten des Krieges zu spüren. Auf den märzverschmierten Wegen bewegten sich die Trecks der Flüchtlinge, am Himmel immer häufiger die Jagdbomber. Maria fühlte die Unruhe; etwas Neues bahnte sich an. Sie fühlte sich nicht mehr so streng beobachtet. Jeder hatte mit sich selbst genug zu tun. Sprach sie mit Landsleuten, die zur

Meierei oder zum Kolonialwarenhändler geschickt wurden, hielt man ihr das nicht mehr gleich vor.

Wie ein Lauffeuer sprach es sich herum – der geläuterte Pastor hörte schon seit Monaten den Feindsender aus London – daß die Briten am 24. März bei Wesel den Rhein überquert hatten. Damit begann der Vormarsch der Alliierten auf breiter Front. Ausgerechnet zu Führers Geburtstag hatten die Amerikaner das braune Symbol Nürnberg erobert. Bettlaken bekamen plötzlich eine andere Funktion: im April hingen sie, verkleinert als weiße Fahnen, aus vielen Häusern.

Maria hörte und sah alles mit großem Erstaunen.

"Auch Dir, Maria", beendete der Pastor in den letzten Kriegstagen sein Schweigen ihr gegenüber, "habe ich etwas Erfreuliches mitzuteilen. Die Polen will man durch große Teile Ostdeutschlands, nämlich Ostpreussen und die Stadt Danzig, entschädigen, so wird doch für Dich noch alles gut."

"Gut?" Maria taumelte in ihre Kammer und konnte keinen klaren Gedanken fassen.

Die deutsche Wehrmacht ergab sich am 5. Mai in Nordwestdeutschland. Die Engländer hatten schon kurz davor ihre Zone eingenommen. Im Grenzdorf hatten sie in der großen Scheune des Bürgermeisters zwischen Heu und Stroh Quartier bezogen. Die Dorfkinder kamen ängstlich heran und sahen, wie rote Marmelade über weißes Brot gestrichen wurde. Sie bekamen etwas ab.

Da passierte in die keimenden Normalisierungsversuche hinein, wenige Kilometer vom Dorf entfernt, ein letzter Mord. Auf einem Feldweg wurde ein polnischer Zwangsarbeiter erschossen aufgefunden.

Wie ein gehetztes Tier erschien kurze Zeit nach Bekanntwerden der Mordsache ein Landsmann bei Maria, sie um Rat bittend.

"Der Krieg ist doch vorbei", rief sie entsetzt. Sie zog ihre Kaninchenfelljacke über und rannte zu den Engländern, Harro zurücklassend, der sich gezwungenermaßen einer neuen Schur hatte unterziehen müssen. Halbfertig saß er im Stuhl, als sie ihm, schon im Weggehen begriffen, noch schnell die Zacken des Handschneiders hinter dem linken Ohr in die Kopfhaut preßte. Anna versuchte mit einem nassen Tuch die breite Blutspur zu stoppen. Harro schrie diesmal nicht, er sah der Rasenden mit offenem Mund nach.

Wild gestikulierend versuchte Maria den Besatzern den Sachverhalt zu erklären, und beschwörend bat sie um Hilfe. Niemand von den Dorfleuten wagte es, sie zurückzuhalten. Der Spieß begann sich zu drehen.

Der Tote wurde in der Leichenhalle vor dem Kirchenraum aufgebahrt. Um Maria scharten sich in kürzester Zeit ihre Landsleute. Wie in einer Kohorte gingen sie mit aufrechten Köpfen die Dorfstraße entlang. Sie wurden sich schnell ihrer neuen Macht bewußt. Den Bäcker veranlaßten sie unter Drohungen, Brot und Kuchen herauszugeben. Wo sie als Arbeiter einquartiert waren, schlugen sie Unmengen von Eiern auf den brutzelnden geräucherten Speck. Die eingeschüchterten, hilflosen Bauern ließen sie gewähren. Was konnten sie tun? Hitler war seit dem 30. April tot, das war selbst in dieses Nest gedrungen, die Kapitulation stand bevor, und die Engländer waren auf der Seite der lange Zeit Unterdrückten.

Maria gebärdete sich weiter wie eine Jeanne d'Arc ohne Panzer. Sie ließ es sich nicht nehmen, selbst die Totenfeier vorzubereiten. Den Pastor forderte sie auf, eine katholische Totenmesse zu halten, dem Organisten wurden fremde Lieder vorgesungen, die er nach Gehör auf ein Notenblatt schrieb, das Taufbecken ließ sie an den Kircheneingang transportieren und befahl, daß am Beerdigungstag Weihwasser darin enthalten sein müsse. Aber diese Maßnahmen reichten ihr noch nicht. Der Pastor wurde gezwungen, am Abend vor der Totenmesse in sämtliche Häuser zu gehen, um den Menschen mitzuteilen, daß alle am nächsten Tag zu der Totenfeier in der Kirche zu erscheinen hätten.

Als der Gottesdienst dann stattfinden sollte, waren viele nicht erschienen. Der Pastor mußte warten. Maria, beim Anblick des halbleeren Kirchenschiffes verbittert, stürzte zum Altar und schrie auf den Pastor ein, warum er keinen Einfluß habe, seine Schäflein in die Kirche zu locken. Ohne eine Antwort abzuwarten, rannte sie aus der Kirche hinaus zu den wenigen Jumpern, die vor der gegenüberliegenden Gastwirtschaft standen. Sie riß eine Luke auf, ergriff die innen liegende Peitsche und stieß den dösenden Kutscher aus dem Fond. Bei dessen Versuch, eine Erklärung zu bekommen, schlug Maria ihm die Peitsche ins Gesicht. Das träge, dicke Pferd begriff die Haßtiraden auf seinem Rücken auch nicht. Mit wehenden Zügeln begab sich das Gespann in Richtung der Felder, wo Maria die Kirchensäumigen vermutete. Sie hielt es schon für selbstverständlich, daß das Bauernvolk keinen Widerstand leistete, als sie von ihrem Kampfgefährt aus, die Peitsche mit bedrohlichem Knallen herumschwingend, alle aufforderte, ohne Umschweife die Kirche aufzusuchen.

Da auch die Engländer und anderen Polen auf die Felder ausgeschwirrt waren, um die verstörten Bauern in die Kirche zu bringen, füllte sich rasch das heilige Haus.

Erdgeruch vermischte sich mit dem Aroma duftenden Harzes, das Klaus-Peter und Harro in kleinen Tonvasen hin und her schwenken mußten. In der Kirche herrschte ängstliches Schweigen.

Gleichzeitig erschienen zuletzt die Pastorenfrau und Maria vor der Kirche. Maria wußte um die Privilegien ihrer größten Feindin, als sie sagte: "Es wird auch Zeit, machen Sie, daß Sie an Ihren Platz kommen!"

Als die Angesprochene einen Moment trotzig zögerte, stellte sich Maria breitbeinig vor sie hin, stemmte die Hände langsam in die Hüften und spuckte der Erniedrigten ins Gesicht.

Um des größeren Effektes willen betrat Maria nicht wie weiland Krimhild als erste die Kirche, sondern hinter ihrer Brunhild in gebührendem Abstand, mit zwei Paladinen hinter sich, als Letzte den heiligen Raum. Mit majestätischem Gang durchschritt sie den Hauptgang, die geduckten Männer und die mit dunklen Kopftüchern beschämt nach unten schauenden Frauen musternd. Anna, die es wagte, einmal aufzuschauen, zuckte zusammen, als ihr Blick Marias streifte.

Neben der Pastorenfrau nahm Maria Platz in der ersten Reihe.

Nach der Trauerfeier in der Kirche standen alle auf, als der mit frischen Frühlingsblumen geschmückte Sarg vom Altar hinaus zum Grab getragen wurde. Die polnischen Sargträger hoben dabei den freien Arm und ballten die Hand zur Faust. Es blieb bei der Drohgebärde, überall in den Begrenzungsknicks des Friedhofes hatte der englische Kommandant vorsichtshalber Soldaten mit Gewehren postiert.

Nachdem der Pastor am Grab die üblichen Worte gesprochen hatte – Maria hatte wohl vergessen, ihm auch hier noch Vorschriften zu machen – stimmte sie beim Herabsinken des Sarges ein weiteres polnisches Lied an. Darauf verkündete sie, daß alle am Grabe verharren sollten, bis sie mit ihren Landsleuten das Kirchenareal verlassen habe und neue Instruktionen von den Engländern kämen.

Die Polen rückten ab auf den Vorplatz am Gasthof. Maria bestieg noch einmal den Jumper. Sie fuhr langsam die Dorfstraße entlang, sah nicht nach links und rechts. Zielstrebig kutschierte sie auf die Kate zu, in der sie so lange gearbeitet hatte. Die kleinen Kinder, die im Haus geblieben waren, wagten sie nicht anzusprechen. Maria ging in ihre Kammer, machte ihr Bett, setzte sich einen Moment auf den kaputten plüschüberzogenen Stuhl und schlug sanft einen Keil in das braune Kissen, ehe sie, wie von einer Panik entfesselt, die Tür aufriß und hinter das Haus in ihren Garten stürzte. Wie eine Wahnsinnige trat sie auf die Rabatten und Setzlinge, wühlte mit Händen und Füßen in den besäten Beeten herum, schlug schließlich mit dem Rechen die Köpfe der gerade aus dem Boden spriessenden Frühlingsblumen ab. Vom Stubenfenster rückten die Kleinen entsetzt zurück in den Raum.

Henryk hatte nicht an der Trauerfeier teilgenommen. Maria hielt ihn für zu unwichtig, als daß sie nach dem Tumben hätte Ausschau halten müssen; er aber ahnte, daß etwas Entscheidendes geschehen würde. Deshalb hatte er sich ans Kindsbett von Hilde Raabe geschlichen. Er sagte kein Wort, als er mit seinen ungeschickten Händen und tränenüberströmtem Gesicht ihr einen Feldblumenstrauß auf die Brust drückte.

Verängstigt und gedemütigt verharrte die Gemeinde am Grab, bis sie ein Aufdonnern von Motoren vom Platz vor Hündings Gasthof hörten.

Zwei englische Lastwagen setzten sich in Bewegung. Noch einmal hielten sie an. Auf Marias Geheiß luden sie den auf der Dorfstraße herumschlendernden Henryk auf. Er leistete keinen Widerstand, als die immer noch mit Dreck besudelte Maria ihm beim Aufspringen die Hände reichte.

Der verzweifelte Rolandslaut "Maria, Maria" des Pastors verhallte in der Disharmonie diese Tages.

Der Motor des englischen Lasters heulte auf. Maria setzte sich neben Fahrer und Beifahrer nach vorn ins Führerhaus.

"Gib Gas, Tommy", rief sie.

In irrer Fahrt ging es zum Dorf hinaus, die Insassen im Fond wurden durchgerüttelt. Die meisten waren einverstanden, hofften sie doch, als Befreite einer besseren Zukunft entgegenzufahren.

In der langgezogenen Kurve vor Königsacker kam dem Gefährt plötzlich ein Pferdefuhrwerk entgegen. Die Straße war schmal und an einem Punkt unübersichtlich. Die Pferde waren durchgegangen, noch waren die Kräfte des Winterhafers nicht durch die Feldarbeit abgebaut. Vielleicht war es auch die ungewohnte rechte Fahrbahn, die der Fahrer auf dem rechtsgesteuerten Lastwagen mißachtete: die beiden Fahrzeuge kollidierten. Maria wurde durch den hohen Bremsdruck aus dem hohen Lastwagen auf die harte Straße geschleudert.

Die Zwangsarbeiter sprangen herab und bildeten einen Kreis um die Verunglückte.

"Laßt mich und fahrt weiter", waren ihre letzten Worte. Die Leiche wurde vorsichtig auf die Plattform gehoben.

"Let's go", schrie der Fahrer, "dem Fahrzeug ist nichts passiert, es ist alles o.k."